Tucholsky   Wagner   Zola   Scott
  Turgenev   Wallace   Fonatne Sydow   Freud   Schlegel

    Twain   Walther von der Vogelweide   Fouqué   Friedrich II. von Preußen
         Weber   Freiligrath   Frey
Fechner   Weiße Rose   von Fallersleben   Kant   Ernst
      Fichte   Richthofen   Frommel
         Engels   Fielding   Eichendorff   Tacitus   Dumas   Hölderlin
   Fehrs   Faber   Flaubert
                                      Eliasberg   Ebner Eschenbach
Feuerbach Maximilian I. von Habsburg Fock   Zweig
         Ewald   Eliot   Vergil
      Goethe   Elisabeth von Österreich   London
Mendelssohn Balzac   Shakespeare   Ganghofer
   Trackl   Lichtenberg   Rathenau   Dostojewski
         Stevenson   Doyle   Gjellerup
Mommsen   Tolstoi   Hambruch
     Thoma   Lenz   Hanrieder   Droste-Hülshoff
Dach   Verne von Arnim   Hägele
     Reuter   Hauff   Humboldt
   Karrillon   Rousseau   Hagen
         Garschin   Hauptmann   Gautier
      Damaschke   Defoe   Hebbel   Baudelaire
              Descartes
                             Hegel   Kussmaul   Herder
Wolfram von Eschenbach   Dickens   Schopenhauer
   Bronner   Darwin   Melville   Grimm Jerome   Rilke   George
     Campe   Horváth   Aristoteles   Bebel   Proust
Bismarck   Vigny   Barlach   Voltaire Federer
         Gengenbach   Heine   Herodot
  Storm   Casanova   Tersteegen   Grillparzer Georgy
     Chamberlain   Lessing   Langbein   Gilm
Brentano   Gryphius
   Strachwitz   Claudius   Schiller   Lafontaine
         Katharina II. von Rußland Schilling Kralik Iffland Sokrates
                          Bellamy
                    Gerstäcker   Raabe   Gibbon   Tschechow
Löns   Hesse Hoffmann   Gogol   Wilde   Gleim   Vulpius
   Luther   Heym   Hofmannsthal   Klee Hölty   Morgenstern
     Roth   Heyse Klopstock   Kleist   Goedicke
Luxemburg   La Roche   Puschkin Homer   Mörike
   Machiavelli   Horaz   Musil
Navarra Aurel   Musset   Kierkegaard Kraft Kraus
         Lamprecht Kind Kirchhoff Hugo   Moltke
  Nestroy Marie de France   Ipsen Liebknecht
      Nietzsche   Nansen   Laotse   Ringelnatz
   von Ossietzky Marx Lassalle Gorki Klett   Leibniz
         May   vom Stein Lawrence   Irving
Petalozzi
   Platon   Pückler Michelangelo   Knigge
  Sachs   Poe   Liebermann Kock   Kafka
     de Sade Praetorius   Mistral   Zetkin   Korolenko

Der Verlag tradition aus Hamburg veröffentlicht in der Reihe **TREDITION CLASSICS** Werke aus mehr als zwei Jahrtausenden. Diese waren zu einem Großteil vergriffen oder nur noch antiquarisch erhältlich.

Symbolfigur für **TREDITION CLASSICS** ist Johannes Gutenberg (1400 — 1468), der Erfinder des Buchdrucks mit Metalllettern und der Druckerpresse.

Mit der Buchreihe **TREDITION CLASSICS** verfolgt tradition das Ziel, tausende Klassiker der Weltliteratur verschiedener Sprachen wieder als gedruckte Bücher aufzulegen – und das weltweit!

Die Buchreihe dient zur Bewahrung der Literatur und Förderung der Kultur. Sie trägt so dazu bei, dass viele tausend Werke nicht in Vergessenheit geraten.

Die Geschwister von Nürnberg

Eduard Bauernfeld

Impressum

Autor: Eduard Bauernfeld
Umschlagkonzept: toepferschumann, Berlin

Verlag: tredition GmbH, Hamburg
ISBN: 978-3-8424-8844-1
Printed in Germany

Bauernfeld.

Die Geschwister von Nürnberg.

Romantisches Lustspiel in vier Acten.

(Zum ersten Male dargestellt auf dem Hofburgtheater am 30. Mai 1840.)

Wien, 1871.
Wilhelm Braumüller
k. k. Hof- und Universitätsbuchhändler.

Personen.

Scene: Nürnberg und die Pfalz am Rhein. Zeit: das fünfzehnte Jahrhundert.

Erster Act.

(Nürnberg. Straße. Im Vordergrunde rechts das Haus der Geschwister.)

Erste Scene.

Roland, Claudius und Hedwig (kommen über die Stufen aus dem Hause).

Hedwig. Wie ich Euch sage: der Burggraf, der uns immer ein lieber und gnädiger Herr war, hatte bei dem Vater einen kostbaren Schmuck bestellt, den er bis zum Johannistage liefern sollte. Nun wißt Ihr, liebe Brüder, wie sehr dem Vater eine solche Arbeit am Herzen lag. Seine Augen waren schwach, seine Brust seit lange angegriffen; dennoch saß er am frühen Morgen bei den glänzenden Steinen, und konnte sich bis spät in die Nacht von seinem Werke nicht trennen. Darum harrte ich mit Sehnsucht der Stunde, wo diese verderbliche Arbeit aus dem Hause wäre, bis endlich der Abend vor Johannes kam, und das wunderbare Werk fertig fand, wie wohl kein Goldschmied in Paris oder Florenz jemals ein schöneres geschaffen. Nun hatte aber des Kaisers Majestät bei dem Burggrafen eingesprochen, welcher ihn Tags darauf mit großem Gefolge zum Reichstag nach Aachen geleiten sollte. Das wußte der Vater, und hätte sich's nicht um Alles nehmen lassen, den Schmuck selbst auf die Burg zu bringen. So hört' ich ihn auch schon am frühen Morgen in der Kammer rumoren; als ich aber eintrat, stand er halb angekleidet und blaß und zitternd da, daß ich erschrack. »Ihr seid nicht wohl, Vater!« rief ich, »laßt mich den Schmuck zum Burggrafen bringen.« Er aber weigerte sich dessen und kleidete sich mit einer ängstlichen Hast fertig, die ich nie an ihm gewahrt. Da mußt' ich ihm denn seinen Willen lassen. Er ging, und kam erst nach zwei Stunden zurück. Er warf den Hut auf den Tisch, und küßte mich auf die Stirn. »Ich habe des Kaisers Majestät gesehen,« sagte er, »und lange und traulich mit unserem gnädigen Herrn, dem Burggrafen, gesprochen. Er erinnert sich Deiner und Deiner Brüder auf das freundlichste, und will für Euer künftiges Schicksal statt Eures Vaters sorgen.« – Noch manches Seltsame, ja Unverständliche setzte er hinzu, so daß ich aufmerksam ward und mit Erschrecken die Fiebergluth in seinem Auge gewahrte. Ich trieb ihn zu Bette. Die Aerzte wurden berufen, aber das Fieber wollte nicht weichen. Wunderliche Träume und Gesichte schienen ihn zu umgaukeln, und er wurde nur ruhig, wenn ich wiederholt Eure Namen nannte. So mußt' ich ihn dahin siechen sehen und konnte nicht helfen. Am siebenten Tage – war er nicht mehr!

Roland *(nach einer Pause)*. Der arme Vater! Daß wir zu spät zu seinem Segen kamen! Wir ritten doch rasch von Wittenberg her! – Du sagst, er war unser eingedenk?

Hedwig. Bis zum letzten Athemzug. Den schönen Ring, den Du jetzt trägst, zog er am Tage seines Scheidens vom Finger. »Das ist für unsern Roland,« sagte er, »er ist ein Freund von glänzenden und kostbaren Dingen.«

Roland. Der gute Vater!

Hedwig. Er hatte ein gleiches Ringlein verfertigt, welches unser Nachbar, der Kaufmann Humbert, ich weiß nicht für welchen Grafen oder Fürsten, auf die Frankfurter-Messe mit sich nahm.

Roland. Wie das funkelt! Der Ring ist kostbar, in der That.

Hedwig. Bewahre ihn sorgfältig, Bruder.

Roland. Wie meinen Finger. – Der gute, der liebe Vater! *(Da Claudius seufzt.)* Was fehlt Dir, Bruder? – Höre, Claud! Willst Du etwa den Ring haben, so nimm ihn. Wahrhaftig, es macht mir Freude, wenn Du ihn trägst.

Claudius. Nein, nein, ich danke Dir, lieber Bruder. Behalt' ihn nur.

Roland. Nun, wie Du willst! – Und jetzt genug von allen traurigen und betrübten Dingen! Vorbei ist vorbei! Begraben ist begraben! Das ist nun einmal nicht zu ändern. Hat man sich einmal herzhaft ausgeweint, so lebt man ruhig weiter. *(Mit einem Blick auf Claudius.)* Nicht wahr, Schwester Hedwig?

Hedwig. So seh' ich auch es an, und bin gefaßt;
Denn maßlos trauern soll kein guter Mensch.
Jetzt aber sagt, was werdet Ihr beginnen?
Der Vater meint', Ihr taugtet nicht zum Handwerk,
Das Uebung heischt, Geduld und stillen Geist.
Ihr seid der Welt, dem Leben zugewendet;

So wurdet Ihr nach Wittenberg gesandt,
Zur hohen Schule, und kehrt wohlgebildet
Zurück nach unserm treuen frommen Nürnberg;
Gewogen sind Euch Rath und Bürgermeister,
Und werden so gelehrten jungen Männern
Nicht Dienst und Amt versagen.

Roland. Hm! Du meinst? –
Was sagst Du, Claudius, wie würd' ich wohl
Als Rathsherr mich in der Perrücke nehmen?

Hedwig. Ihr könnt es auch zum Bürgermeister bringen.

Roland. Kommt Zeit, kommt Rath! – Doch was geschieht mit Dir?

Hedwig. Ich nehme uns're Bas' in's Haus.

Roland. Frau Anne?
Da wird's zu keifen geben.

Hedwig. Ei, warum?
Ich lebe still und spinne, summ' ein Liedchen,
Seh' in der Küche nach, daß die Herrn Brüder,
Wenn sie recht hungerig nach Hause kommen,
Auch was zu essen finden.

Roland. Gut, recht gut!
Doch werden sie nicht stets zu Hause bleiben.
Gelt, Bruder Claud? Die Welt ist schön und weit!

Hedwig. Regt sich in Dir die alte Wanderlust?
Gib Acht, daß Dir die Fremde nicht Gefahr bringt!
Der Mensch hat seinen Boden, wie der Baum.

Roland. Das gilt für Weiber, für uns Männer nicht!
Der Mann folgt seinem Drang, das Weib dem Mann,
So wirst auch Du, wer weiß, noch einmal wandern.

Hedwig. Ich? O, wie das?

Roland. Ich meine – Du nicht auch? –
Du solltest bald an eine Heirath denken.

Hedwig. Bruder –

Roland. Nu, nu! Du brauchst Dich nicht zu schämen. *Hast* etwa schon gedacht?

Hedwig. Wie kannst Du glauben?

Roland. Und was? Daß eine Dirn' an's Freien denkt? Ich wette, Du hast längst gewählt – sonst, Schwester – Ich wüßte Dir in Wittenberg Studenten – Sag' doch, ist's jener Humbert? Doch Du willst Wohl hoch hinaus – man spricht von einem Rathsherrn: – Hab' ich's getroffen, wie?

Claudius. Laß doch die Schwester!

Roland. Ich sag' nichts mehr, doch munkelt man. – Komm', Claud! Laß uns ein wenig durch die Straßen schlendern.

Claudius. Leb' wohl! – Bist Du noch böse, liebe Schwester?

Hedwig*(küßt* *ihn).* Dies meine Antwort.

Roland. Gutes Schwesterchen! Du Närrchen! Wollt' ich Dich denn kränken? Sprich! Steht ihr, bei Gott, das Wasser in den Augen! *(Er wischt ihr die Augen.)* Du Jungfer Klugheit, Schürze voller Weisheit! Willst was Apartes haben? Keinen Mann? Du bist zu häßlich – wie? Es nimmt Dich Keiner. Nun lacht sie. Wart! Daß Du mir ja – das rath' ich – Daß Du mir ja nicht in das Kloster gehst! – Komm', Bruder!

Hedwig. Claudius!

Claudius*(zu Roland).* Ich folge Dir.

Roland. Dort bei der Waffenschmiede harr' ich Dein. *(Ab.)*

Zweite Scene.

Hedwig. Claudius.

Hedwig. Mein Claudius! Du senkst das Haupt und schweigst?

Claudius. Du kennst ja, Schwester, mein Gemüth! Ich liebte
Den Vater, und er liebte mich; doch blieb
Ein Fremdes zwischen uns, ein Hemmendes,
Ich konnte nie mein Herz ihm völlig zeigen;
Das martert mich. Ihr kennt nicht diesen Schmerz:
Von einem vielgeliebten Todten scheiden,
Mit einem stillen Vorwurf in der Brust.

Hedwig. Du irrst, mein lieber Bruder Grübler! Warst Du
Doch stets das liebste Kind dem Vater, und das beste.
Darum sei guten Muths! Versprich mir das.
(Da ihr Claudius die Hand reicht.)
Nun schön! Du gehst?

Claudius.   Zu Roland.

Hedwig*(zögernd).*   Höre, Bruder –
Der Roland, weißt Du, ist ein arger Spötter,
Und derb, so wie sein Körper, ist sein Sinn;
Auch spricht er gern und viel – Du mußt nicht Alles
Flugs glauben, was er sagt – das heißt, er lügt nicht,
Doch setzt er zu und nimmt hinweg – so bleibt
Am Ende doch was And'res als die Wahrheit.
So sprach er jetzt – Du hast es ja vernommen –
Von meiner Heirath –

Claudius.   Wär' es wirklich?

Hedwig.   Nein! –
Ob zwar die Base meint, ein reicher Freier,
Ein Rathsherr habe sich gemeldet; nun,
Sie brachte uns zusammen – mein Erschrecken
Kannst Du Dir denken, als die Bas' in's Ohr
Mir flüsterte: das sei der Freiersmann.
Was sonst nicht meine Weise, ich ward roth,
Heiß, glühend heiß, und stockte mit der Sprache;
Und als sie später mich erforschte, wie
Der Mann mir denn gefallen, sagt' ich: gut.
Gut – weiter nichts. Ganz kurz! Das ist die Sache.

Claudius. Du wirst Dich doch zuletzt entschließen müssen –

Hedwig. Vielleicht – vielleicht auch nicht. Doch wie in Allem, Würd' ich hierin auch Deinen Rath erbitten. Doch hat's noch Zeit. Jetzt bin ich ganz zufrieden, Da ich Euch Beide wieder bei mir habe.

Claudius. Wer weiß!

Hedwig.   Du meinst?

Claudius.   Ich meine, liebe Schwester, Daß Du den Bruder bald mit andern Augen Betrachten wirst, sobald ein treuer Gatte Dich in die Arme schließt.

Hedwig.   Mit andern Augen? Wie das? Du bleibst mein Bruder, und hast *hier* *(auf   ihr   Herz   weisend)* Den ersten Platz. Das mag nur Jeder wissen, Der um mich freit; und wenn mein künft'ger Mann – Doch still! Die Base. Still!

Dritte Scene.

Vorige. Anne (mit einem Bündel).

Anne.   Da bin ich, Muhme, Mit Sack und Pack. Ei, Neffe Claud, willkommen! So eben sprachen wir von Euch. Es freut sich Ein wack'rer Mann auf Euere Bekanntschaft, Ein Mann von Anseh'n, der Euch nützen kann; Die Hedwig kennt ihn – gelt? Ein Rathsherr.

Claudius.   So? Es wird mich freu'n – verzeiht –

Anne.   Wohin so eilig?

Claudius. Der Bruder wartet mein.

Hedwig.   Bleibt nicht zu lang. Ihr kommt zur Vesper?

Claudius.   Ja. Leb' wohl!

Hedwig.   Leb' wohl!

(Claudius ab.)

Vierte Scene.

Hedwig. Anne.

Anne*(sieht ihm nach).*
Sieh doch! Der junge Mensch ist voller Hochmuth!

Hedwig*(ablenkend).*
Kommt, Base! Eure Stube ist bereit.

Anne. Dank, liebes Kind. – Ist das Studentensitte?

Hedwig. Ich denk', wir werden uns vertragen, Base;
Ich bin nicht faul, nicht mürrisch, halt' auf Ordnung,
Wie Ihr, auch laß ich gerne mich belehren.

Anne. Du bist ein Herzenskind, und wer Dich heimführt,
Ist zu beneiden.

Hedwig*(sinnend).* Still davon!

Anne. Warum?

Hedwig. Ja, seht, ich dachte schon an's Kloster.

Anne. Wie?

Hedwig. In stiller Ruh' und Sammlung, abgeschlossen
Von allem Lärm, ein Gärtchen etwa pflegend,
Und Gott am nächsten, den ein Jeder sucht,
Der Zustand lockte öfter schon mich an:
Denn was verlör' ich, ging' ich aus der Welt?
Und wem erregt' ich Kummer durch mein Scheiden?
So sagt' ich oft zu mir; doch fühlt' ich wieder
Den süßen Muth zu trachten und zu streben,
Zu sorgen – wenn auch nicht für mich: für And're;
Da dacht' ich Euer, die mir zugethan,
Da dacht' ich meiner Brüder – und so blieb ich
An meiner Stelle, die mir angewiesen.

Anne. Und so ist's recht, so ist's vernünftig.

Hedwig. Meint Ihr?

Anne. Ich mein', Ihr solltet Euch erheitern, solltet Bisweilen einen guten Tag Euch machen.

Hedwig. Wer sagt Euch denn, daß ich nicht heiter bin? Ich hab' nur *eine* Sorge: um die Brüder.

Anne. Die Brüder? Pah! Die sorgen für sich selber. Der Roland ist ein Sonntagskind.

Hedwig. Ja, Roland! Doch bangt mir fast um Claudius; er ist So düster immer und verschlossen.

Anne. Düster? Ein Träumer ist's, und stolz dabei – und –

Hedwig. Muhme, Schmäht nicht den Claudius – Ihr thut mir weh.

Anne. Es war ja nicht so schlimm gemeint.

Hedwig. So kommt jetzt In's Haus hinein, denn es will Abend werden.

Fünfte Scene.

Vorige. Leopold (welcher schnuppernd herbeikam, und eben in das Haus treten will).

Anne. Was will der Mensch?

Leopold. Gott zum Gruß, meine artigen Frauen!

Anne. Wer seid Ihr, guter Freund?

Leopold. Ein Reisender, eine Gattung Pilger.

Anne. Der sich in die Häuser schleicht?

Leopold. Ja, seht! Euer Haus stand offen, so daß man ihm in's Herz sehen konnte, nämlich in die Küche, die einen gar lieblichen Athem aushaucht. Das zog mich an. *(Schnuppernd.)* Ich wette, es ist Kalbsbraten; und zwar: am Spieße gebraten.

Anne. Ihr scheint ein Kenner.

Leopold. Das macht, ich war vor Zeiten Küchenjunge, und arbeitete viel im Gebratenen. Es ist eine Wissenschaft, die mich auf immer fesselt. Horch! Es zischt und prasselt. Es zieht mich, es reißt mich hin – Jugend-Begeisterung erfaßt mich – ich kann nicht widerstehen: ich muß den Bratspieß drehen helfen. *(Er will in das Haus.)*

Anne *(stellt sich ihm in den Weg)*. Halt!

Hedwig. Laßt ihn, Base! Es ist ein munterer Geselle.

Anne. Ein Schalk ist es!

Leopold. Still, vorlaute Magd einer freundlichen Herrin!

Anne. Magd! Was Magd! Ihr seid ein Windbeutel, ein Landstreicher! Der Hunger sieht Euch aus den Augen.

Leopold. Laßt ihm den Spaß! Es gefällt ihm in dem leeren Hause nicht, d'rum schaut er beim Fenster heraus.

Anne. Es ist ein Possenreißer. Kommt, Base! Man muß solch Volk nicht zügeln.

Hedwig. Da, lustiger Pilger! Nehmt diesen Zehrpfennig.

Leopold. Dank, schönes Kind.

Anne. Darum war's Euch wohl nur zu thun, he? Und nun trollt Euch weiter! Mich für die Magd zu halten! – Fort, sag ich. Hier ist nichts weiter für Euch zu holen.

(Ab mit Hedwig, indem sie die Thüre zuschlägt.)

Leopold *(allein)*. Gott hat die keifenden Weiber erschaffen, und wir müssen sie ertragen. Pah! Hab' ich doch nun einen Zehrpfennig, und so ist für heute gesorgt. Wie schön wäre das Leben, wenn sich's die Menschen nicht so sauer machten! Da haben sie die sogenannte Arbeit erfunden; dabei kann es einem wackern, arbeitscheuen Burschen, wie mir, begegnen, mitten zwischen Essenden zu verhungern. Sollte man nicht vielmehr ein ausgesprochenes Talent zum Müßiggang, als eine seltene und angenehme Ausnahme, auf Staatskosten erhalten? Aber niemand denkt daran! *(Er setzt sich auf die Stufen des Hauses.)* Mein Schicksal ist doch sonderbar! Als ein dünner, schmächtiger Junge ward ich aus meinem lieben Vaterlande, der Pfalz am Rhein, verjagt, und ging nach Spanien. Schönes, warmes Land für die Faulenzer, wo man des Nachts keine Decken braucht, und wo die Orangen umsonst zu haben sind, wie bei uns die Holzäpfel. Dort diente ich abwechselnd bei Adepten und Bartscherern, lernte Guitarre spielen und Olla potrida kochen, trank süße Weine und küßte hübsche Mädchen. So ging's durch zwanzig Jahre. Plötzlich ergreift mich das Heimweh nach dem deutschen Boden; ich laufe von Sevilla bis nach Nürnberg, um wieder Lebkuchen zu essen, und dabei wie ein Kind zu flennen. – Aber was nun? Ich will nach der Pfalz zurück, obschon ich damals einen fürchterlichen Eid ablegen mußte, mein Vaterland nicht wieder zu betreten. Hm! In zwanzig Jahren ist ein solcher Eidschwur wohl völlig abgenützt. *(Steht auf.)* Beschlossen ist's: ich kehre nach Hause zurück. – Aber holla! Was kommt dort für ein Paar junge schmucke Herren? Sie sprechen lebhaft mit einander. Der Eine ist derb und tüchtig, und sieht d'rein, als ob er die Welt nur so in den Sack schieben wollte; der And're zart und fein, und hört ungläubig lächelnd zu, während Jener mit Armen und Beinen gestikulirt. Sie kommen hieher! Ich wette, das sind feiner Leute Kind, vielleicht Studenten, die Batzen in der Tasche haben – und ich will auch mein Theil davon abkriegen, so wahr ich ein erfahrener Reisender bin.

(Zieht sich zurück.)

Sechste Scene.

Leopold(versteckt). Roland und Claudius.

Roland. Glaub' meinem Wort: was Nürnberg räth und schlichtet,
Wird bald von einem Ehrenmann verrichtet;
Das Pferd hinaus, den knappen Koller an,
Das Schwert zur Hand – das schickt sich für den Mann!
An jedem Tag zu Kampf und Krieg gerüstet,
Und jede Stunde, was das Herz gelüstet,
Was kümmert Heimath mich, und Hof und Haus!
Ein tücht'ger Mann muß in die Welt hinaus.

Leopold(*für sich*).
Brav, Herr Student! Das spricht sich kräftig aus;
Entweder wird ein Held oder ein Lump daraus.

Claudius. Du weißt, schon lange sehn' ich mich,
Die Welt zu seh'n, die Wunder in der Ferne;
Denn Alles Fremde lockte stets mich an,
Und Sprache, Sitte, wie Gewand und Tracht,

Hüllt mir den fremden Mann als Räthsel ein,
Das mich mit süßem Reiz zur Lösung ladet.

Roland. Was hindert uns, zu stillen diese Sehnsucht?
Sind wir nicht jung und haben Geld im Beutel?

Leopold(für   sich).
Ei, das sind liebe Jungen!

Roland.   Höre, Bruder!
Längst hecken wir den Plan im Kopf; laß uns
Ihn auszuführen denken. Unser Vater,
Der stets dagegen stimmte, lebt nicht mehr –

Claudius. Allein die Schwester –

Roland.   Eben d'rum! Die Schwester!
Gib Acht! Sie hetzt die Basen bald auf uns,
Den Bürgermeister und die Herrn vom Rath;
Die schmieden uns in enger dunkler Stube
Fest an den Aktentisch, und reichen uns
Papier und Feder, und diktiren uns,
Was Hinz und Kunz an Gaben schuldig ist;
Da sitzen wir am Fensterlein und seufzen,
Da draußen aber lacht die frische Welt.
Nein, nein, ich lasse mich nicht fah'n und ketten!
Beschlossen ist's: ich wand're.

Claudius.   Doch die Hedwig?

Roland. Die Hedwig denkt an Heirath, glaube mir,
Wir sind ihr nur im Weg.

Claudius.   So scheint es fast –

Roland. Denkst Du wie ich, wir machen uns fein still
Und sachte eines Tages auf die Reise –

Claudius. Wie? Ohne Abschied?

Roland.   Und wozu ein Abschied?
Ich bin kein Freund von Widerspruch und Thränen.
Sieh, kehren wir zurück als fert'ge Männer,
So tritt die Hedwig auf der Schwelle wohl
Uns an der Hand des Bräutigams entgegen,

17

Und dankt uns noch, daß wir bei Zeiten gingen.
Sprich, ist mein Plan nicht gut?

Claudius. Allein wohin
Soll uns're Reise gehn?

Roland. Das wird sich finden.
Nur in ein Land, wo Arm und Schwert zu brauchen,
Nur fort, denn wir versauern hier zu Landes.
Darum hinaus! Hinaus!

Leopold(*tritt vor*). Das sag' ich auch.

Roland. Wer seid Ihr? Was? Ein Lauscher?

Leopold. Nicht doch, Junker!
Ich hört' Euch da von Reisen discuriren,
Und weil ich selbst, von Kindesbeinen an,
Ein Reisender mit Passion, so konnt' ich
Nicht widersteh'n, mich in's Gespräch zu mischen.

Roland. Ihr wär't ein Reisender?

Leopold. Euch aufzuwarten.
Ich, wie Ihr mich da seht, ich komm' aus Spanien;
Wollt Ihr die Welt beseh'n, nehmt mich zum Führer.

Roland. Ein flinker Bursch!

Claudius(*zu Leopold*). Du scheinst mir ein Cumpan,
Der ohne Zweck und Ziel die Welt durchstreift.

Leopold. Mein Ziel und Zweck ist, Herr, mich satt zu essen.
Zwei Sorten Menschen gibt es nur: *die* hungern,
Und *die*, so nicht. Nun ist der Lebenszweck,
Sich von den Hungerleidern los zu machen,
Und zu den Satten zu gehören. Seht,
Das ist die Welt: um das dreht sich das Ganze.
Wär' ich ein schmucker Ritter, so wie Ihr,
Die Welt wär' mein. Ich setzte mich auf's Roß,
Und dächt' ein fettes Ländchen zu erobern.

Roland. Für Ritter hältst Du uns? Du irrst.

Leopold. Pah! Pah!
Was vornehm ist, dem steht es auf der Stirne. –

Doch hört! Ihr spracht vorhin von Kampf und Fehde!
Ist's Euer Ernst, so nenn' ich Euch ein Land,
Wo jetzt zwei mächt'ge Grafen sich bekriegen.

Roland. So nenn's!

Leopold. Es heißt: die Pfalz.

Claudius. Am Rhein?

Leopold. Am Rhein,
Wo Städt' und Burgen Euch entgegenlachen,
Und Wein, so hell wie Gold. Dort liegen sich
Der Pfalzgraf und der Raugraf in den Haaren;
Da ließe sich ein Rittersporn verdienen.

Roland. Sein Rath ist gut. Was meinst Du, Claud? Bedenke:
Der Burggraf, unser Gönner, ist in Aachen,
Und wird uns gerne seinen Schutz verleih'n.

Claudius. Längst zog der deutsche Rhein mich mächtig an,
Es läßt sich d'rüber sprechen. – Komm', mein Bursche!
Du sollst beim Vesperbrot uns Kunde geben
Von Deinen Reisen.

Leopold. Gern, recht gern.

Claudius. So komm'!

Leopold. In dieses Haus?
Nein, das betret' ich nicht.

Claudius. Und das warum?

Leopold. Ein böser Drache wohnt darin.

Roland. Ein Drache?

Leopold. Ein keifend Weib.

Roland. Ja, ja! Das ist die Base.
Hilf Gott, hört die von unserm Reiseplan!
Und auch die Schwester wird das Näschen rümpfen.

Leopold. Ihr sprecht von Basen und von Schwestern? Prost! Mit Weibern will ich nichts zu schaffen haben. Lebt wohl, Ihr Herren!

Roland.   Wohin?

Leopold.   Ich such' mir Einen, Der unabhängig ist und frei, der mit mir Auf lust'ge Kriegesabenteuer zieht.

Roland. Frei bin ich auch.

Leopold.   Dann fehlt Euch die Courage, Trotz Eurem langen Schwert und derben Fäusten, Sonst würdet Ihr nicht ängstlich Euch besinnen, Und flugs Euch auf die Beine machen.

Roland.   Nun, Man hat doch Manches zu bedenken.

Leopold.   So Bedenkt und bleibt zu Hause hinter'm Ofen. Lebt wohl!

Roland.   Wart doch, Du närrischer Geselle!

Leopold. Ihr seid mir Helden! Warten! Bis zum Frieden, Und bis der Krieg vorbei, nicht wahr? Nichts da! In fünf Minuten bin ich reisefertig; Auf! Seid Ihr Männer: kommt! Ich nehm' Euch mit.

Roland. Hör', Bruder! – Tritt bei Seite, guter Freund – *(Leise   zu   Claudius.)* Den Burschen hat der Himmel uns gesendet, Zum raschen Handeln uns zu wecken. Bruder, Ich ziehe nach der Pfalz.

Leopold*(für sich).*   Sie sind schon mein!

Claudius*(zu   Roland).* Du wolltest –?

Roland.   Mit dem Burschen zieh'n.

Claudius.   Und Hedwig?

Roland. Erfährt durch ein geschrieb'nes Lebewohl
Den lang gehegten Plan. Sprich nichts dagegen!
Der rechte Augenblick ist da; ich kehre
Nicht mehr in's Haus zurück.

Claudius. Du sagst, wir sind
Ihr nur im Weg?

Roland. Gewiß! Schlag' ein –

Claudius. Du ziehst
Mich fort, wohin's mich selber mächtig treibt.
Unthätig bin ich hier, ein nicht'ger Träumer,
Nach schönen Fernen lockt mich dunkler Trieb,
Als sollte dort mein Schicksal erst sich lösen.

Roland. Das ist die Stimme, die zu Thaten ruft,
Mir klang sie auch. Frisch auf! Wir folgen ihr. –
Nun, Bursche mit dem großen Maul! Bist Du
Bereit? Ein Wandern gilt's. In Kampf und Fehde!
In's schöne Rheinland!

Leopold. Topp! Ich nehm' Euch mit.
(Für sich.)
Die beste Art, umsonst nach Haus zu kommen.

Claudius. Mein Bruder –

Roland. Zög're nicht! Die Ehre winkt,
Der Ruhm, das Kriegesglück in fernen Landen!
Wer aus den Quellen nicht der Fremde trinkt,
Dem bleibt das reichste Leben unverstanden.
Komm', Bruder, komm'!
(Zu Leopold.) Du lust'ger Bursch, mach' fort
Von Land zu Lande geht's, von Ort zu Ort!

Leopold*(schürzt sich, schnallt das Ränzel fest).*
Vivat die Ritterschaft! Das ist ein Wesen!
Man soll von uns noch in der Chronik lesen!

Zweiter Act.

(Gebirgsthal in der Rheinpfalz mit Felsenwegen.)

Erste Scene.

Romulph (allein). Dann zwei Räuber. Romulph (ein alter Räuber, liegt im Vordergrunde der Bühne auf einer Felsenbank. Man hört ein Jagdhorn in der Ferne).

Romulph. Die Zeiten werden immer schlechter. Nirgends ein Verdienst! Das Geschäft stockt. Reisende von Reputation vermeiden diesen Wald. Pure Bosheit! Glauben denn die sogenannten ordentlichen und honneten Menschen, daß wir armen Halunken von der Luft leben sollen? Meine Leute versagen mir beinahe den Gehorsam, denn sie hungern. Wahrhaftig, mich faßt eine Art von Desparation, und ich gehe zuletzt in meinen alten Tagen noch unter die guten Bürger. Was soll ich hier? Zu rauben gibt's nichts, zudem bleicht sich mein Haar und Bart von Tag zu Tag immer mehr. Es ist doch eine dumme Einrichtung in der Natur, daß man alt wird und sterben muß. Wie anders war's noch vor zwanzig Jahren! Da dacht ich die halbe Welt zusammen zu stehlen. Es waren Träume einer schwärmerischen Jugend! – Zuletzt war's doch gelebt, und stirbt man, ist's vorbei.

(Jagdhorn wie oben.)

Zwei Räuber (treten auf).

Erster Räuber. Hört Ihr das Jagdhorn? Schon lange drang kein solcher Ton in diese Wildniß.

Zweiter Räuber. Ich fürchte fast, die Jagd gilt uns.

Erster Räuber. Sollten die Schergen unsere Schlupfwinkel entdeckt haben? Das wäre mir nicht lieb. Meine Knochen sind durch das lange Fasten so mürbe geworden, daß sie kaum die nöthige Kraft zum Davonlaufen mehr übrig haben.

(Jagdhorn.)

Zweiter Räuber. Horch! Schon wieder.

Erster Räuber. Es klang näher –

Zweiter Räuber. Steh' auf, Hauptmann Romulph! Seht, dort schlüpft's durch das Dickicht – eine Gestalt –

Erster Räuber. Laßt uns fliehen –

Romulph *(der langsam aufsteht).* Hasenfuß! Es ist ein Weib.

Zweiter Räuber. In der That!

Erster Räuber. Sie trägt einen Jagdspieß –

Zweiter Räuber. Sie kommt –

Romulph. Still! Tretet hieher hinter den Felsen.

Zweite Scene.

Romulph und die Räuber (verborgen). Isolda (tritt auf).

Isolda. Halloh! Halloh! Mir war's, als hört' ich Stimmen.
Nein, es ist nichts. – Uf! Mir ist heiß. – Wie still
Und heimlich ist es hier! Ich ruh' ein wenig.
(Setzt sich auf die Felsenbank.)
Mein Jagdgefolge wird mich wieder finden. –
In diesem grünen frischen Waldesdunkel
Wird herrlich mir zu Muth! So mag der Vogel
Sich fühlen, der dem Käfige entfloh.
Doch, armes Vögelchen, du *träumst* nur Freiheit!
Du mußt, eh' du die Flügel recht versucht,
Zurück in deinen gold'nen Käfig kehren.

Romulph *(tritt vor).*
Ich grüß' Euch, schöne Dame.

Isolda *(springt auf, langt nach dem Speer).* He, wer seid Ihr?

Romulph. Ein armer Mann, der eine milde Gabe
Von Euch zu bitten kommt, ein dürft'ger Greis.

Isolda. Ihr bittet in der Oede und bewaffnet?
Doch sei's! Nehmt hin, und geht!
(Wirft ihm ein Geldstück hin.)

Romulph. Ho, ho, nicht also!
Ich bin kein Alltagsbettler, müßt ihr wissen,
Und nicht begnügt mit so geringer Gabe.

Isolda. Nimm's oder nimm es nicht, nur geh' von hier,
Denn ich will einsam sein.

Romulph.   Ei wirklich? Willst Du?
Gebiet' in deiner Welt, doch hier herrsch' *ich*;
Der Wald, die Felsen sind mein Königreich,
Und Bär und Wolf sind meine Unterthanen.

Isolda. Man merkt's, daß Du ein Fürst der Bären bist! –
Was zahl' ich, sprich, befreist Du mich von Dir?

Romulph. Ein tüchtig Lösegeld. Vor Allem gib
Den schönen Schmuck.

Isolda.   Nicht wag's, mich anzurühren!
Du kennst mich nicht.

Romulph.   Wer weiß!

Isolda.   Nun sprich, wer bin ich?

Romulph. Du bist Isolda, Gräfin von der Pfalz,
Des guten Ohm's verzog'nes Pflegekind.
Ich sah Dich jüngst in Bingen auf dem Marktplatz,
Wo Deine Schönheit alle Welt entzückte. –
Nein, blick' nicht scheel! Ich bin Dein Feind nicht, Gräfin,
Und hab' wohl einst Dir großen Dienst erwiesen,
Es geht zurück in Deine Wiegenzeit;
Wenn Du fein artig bist, und mich bei Laune
Erhältst, so künd' ich Dir's vielleicht. Jetzt komm'!

Isolda. Zurück, Verwegener!

Romulph.   Genug der Worte!
Ergib Dich, folge mir.

Isolda*(hält ihm den Speer entgegen)*.   Bezwing' mich erst.

Romulph. Was soll der Jagdspeer, diese Kinderwaffe?
Mit meinem Arm zerbrech' ich ihn.

Isolda*(verwundet ihn)*.   So thu's!

Romulph*(greift mit der einen Hand an die Wunde, mit der andern nach dem Schwert)*.
Verdammt! Soll ich mit einem Weibe kämpfen? *(Ruft.)*

Heda!   *(Zu   Isolda.)*
        Blick' auf! *(Zu den Räubern, die sich zeigen.)*
        Ergreift sie!

Isolda.   Wagt es nicht!

Romulph. Was zögert Ihr?

Erster Räuber.   Bedenk', es ist die Gräfin –

Romulph. Und wenn's der Teufel wär' – ergreift sie, sag' ich!
Gilt Euch mein Wort nichts mehr?

Isolda*(gibt den Räubern Geld).*   Hier nehmt und geht!
Geht   schleunig,   rath'   ich   Euch,   denn   meine   Leute
Sind   nah',   und   zögern   nicht,   wenn   sie   Euch   finden,
Den Schergen Euch in Bingen zuzuführen.

Romulph.   Hört   nicht   auf   ihre   Worte,   Cameraden,
Nehmt   diesen   Beutel   nicht!   Wir   führen   sie
In uns're Höhl', und fordern Lösegeld.

Isolda. Thut's, wenn Ihr Eurer Hälse überdrüssig!

Erster   Räuber*(der   mit   dem   Andern   gesprochen).*
Wir thun Euch nichts zu Leid.

Zweiter   Räuber.   Wir   danken   Euch
Für Eure Gab'! Lebt wohl!

Erster   Räuber.   Auch   Du,   Romulph!
Wir   haben   dieses   Hungerleiden   satt,
Und ziehen in die Märkte. Gott befohlen!

(Die Räuber gehen ab.)

Dritte Scene.

Isolda. Romulph.

Isolda*(lehnt   sich   auf   den   Speer).*
Wie nun, Romulph?

Romulph.   Pfui   über   diese   Schufte!
Mir scheint, mein Reich ist aus.

Isolda.   Du armer Räuber!

Romulph. Die Wunde brennt –

Isolda. Laß' seh'n! Setz' Dich hieher.
Zum Glück wächst breiter Lattich hier, den pflück ich,
Und leg' ihn auf die Wunde – gelt, das kühlt?
Nun weiches Moos darauf, und dann das Tüchlein
Darüber lose hingebunden – so!
Nun ist es gut.

Romulph. Ihr seid sehr gütig, Gräfin!

Isolda. Wie aber, wenn ich jetzt Dich als Gefang'nen
Nach Bingen brächte?

Romulph. Sei's, in's Himmels Namen!
Doch wißt Ihr was? Ihr kriegt ja mit dem Raugraf;
Wenn jetzt auch Waffenstillstand ist, bald geht es
Doch wieder los. Nehmt mich in Eure Dienste.

Isolda. Dich, einen Räuber?

Romulph. Läuft auf Eins hinaus!
Sind's ihrer viel, so nennt man sie Soldaten. –
Verschweigt, wie Ihr mich fandet, und ich schwör' Euch
Ergebenheit und Treu'.

Isolda. Wir wollen seh'n!
Vor Allem hilf mir mein Gefolge suchen.

Romulph. Ich führ' Euch nach des Waldes Ausgang. Kommt!
Doch langsam, bitt' ich, denn ich bin erschöpft,
'Und dürfte sehr.

Isolda. Ich hole Wasser.

Romulph. Laßt!

Isolda. Du dürstest ja?

Romulph. Doch nicht nach Wasser. – Kommt nur!

Vierte Scene.

Vorige. Roland und Claudius (auf dem Felsen, später) Leopold.

Roland. He, holla, Leopold, hieher!

Isolda. Sieh, Fremde!

Romulph. Nun ja! Die schönste Beute, da's zu spät ist!

Roland. Ei, Bruder, welch' ein stattlich Weib!

Isolda. Ihr Herren!

Roland. Sie ruft uns! *(Kommt vom Felsen herab.)* Euch zu dienen! Was befehlt Ihr?

Isolda. Seht diesen Mann, ermattet und verwundet, Der Labung heischt.

Roland. Die können wir ihm spenden. Ruf' unsern Diener, Bruder.

Claudius*(auf dem Felsen).* Leopold!

Leopold*(hinter der Scene).* Wo seid Ihr?

Claudius. Hier.

Leopold*(wie oben).* So helft mir erst herüber.

Claudius. Reich' mir die Hand, spring' über diese Kluft –

Leopold*(tritt auf mit Gepäck).* Ja, springt mit dem Gepäck! Was blieben wir Nicht, wie vernünft'ge Leute, auf der Straße? Zum Henker über dieses Felsenklettern!

Roland. Schweig' still! Gib deinen Schlauch her.

Leopold*(kommt herab).* Meinen Schlauch? Es ist die letzte Neige!

Roland. Gib dem Mann Zu trinken.

Leopold. So? Dem Mann?

Roland. Nur hurtig!

Leopold. Gleich! *(Für sich.)* Wie dumm! Hab' ich das Bischen Wein verspart, Dem Vagabunden hier den Hals zu schmieren!

Isolda(*zu Roland und Claudius, der gleichfalls vom Felsen herabkam*).
Ich dank' Euch sehr für Eure güt'ge Hilfe.

Roland. Wie gern erwiesen wir Euch größern Dienst!
Doch Ihr bedürft wohl unser nicht.

Isolda.   Wie das?

Roland. Ich meine, wie Ihr in dem Waldesgrün
So plötzlich vor uns steht, geschmückt, bewaffnet,
Man müßte Euch für eine Göttin halten,
Die sich zu Sterblichen herunter ließ.

Isolda. Ihr sprecht sehr artig und gewandt. – Wer seid Ihr?

Claudius. Wir sind –

Roland.   Sind Reisende.

Isolda.   Und kommt?

Roland.   Aus Nürnberg.
Wir lenkten von der Straße in's Gebirge,
Die Wunder aufzusuchen der Natur.

Leopold. Und uns zur Kurzweil Hals und Bein zu brechen.
(*Da ihm Roland droht, zu Romulph.*)
Setz' an den Schlauch!

Isolda.   So reis't Ihr zum Vergnügen?

Claudius. Wie junge Leute, die die Welt betrachten.

Roland. Und Abenteuer in der Fremde suchen.

Isolda. So? – Eure Namen?

Roland.   Roland.

Claudius.   Claudius.

Isolda. Herr Roland, Claudius, seid mir willkommen.

Romulph(*welcher getrunken hat*).
Das labt! Das schmeckt!

Leopold.   Sauf' nur den Schlauch nicht mit!
(*Betrachtet ihn für sich.*)
Den Kerl mit seinem Barte sollt' ich kennen –

Romulph(*gibt ihm den Schlauch zurück*). Nimm, guter Freund! (*Betrachtet ihn.*) Dies Narren-Antlitz hab' ich Schon irgendwo geseh'n –

Leopold(*nähert sich ihm*). Bist Du –?

Romulph(*geht auf ihn los, barsch*). Bist Du –?

Leopold(*retirirend*). Schützt mich, um Gott! Er dreht den Hals mir um.

Romulph. Er ist's! An seiner Furcht erkenn' ich ihn.

Isolda. Was haben diese Beiden? – Komm', Romulph, Und leite mich.

Romulph. Ja, Gräfin.

Roland(*zu Claudius*). Gräfin?

Leopold(*mit einem Blick auf Romulph*). Gräfin?

Romulph(*mit Bedeutung zu Leopold*). Isolda ist es, Gräfin von der Pfalz.

Leopold(*halblaut*). Die Schwester jenes –?

Romulph. Ja.

Leopold. Den Du –?

Romulph. St! Schweige!

Isolda. Was flüstert Ihr, und winkt Euch zu?

Romulph. Es trifft sich, Daß wir Bekannte sind aus alten Zeiten.

Leopold(*für sich*). Der Gurgelschneider! Saubere Bekanntschaft!

Isolda. Was habt Ihr? (*Zu Leopold.*) Sprich!

Leopold(*mit einem Blick auf Romulph*). Ich darf nicht sprechen, Gräfin. Ein Schwur –

Romulph. Ich lös' ihn.

Leopold. Wirklich?

Romulph. Sprich! Das mag Vielleicht uns Beiden nützen. (Zu Isolda.) Ihr erlaubt – (Zu Leopold.) Wo ist Dein Herr, der Freiherr Eberhard?

Leopold. Seit zwanzig Jahren sah ich ihn nicht wieder.

Romulph. Und jenes Knäblein?

Leopold. Starb in meinen Armen.

Romulph. Starb! Hm! Das thut mir leid. Starb!

Isolda. Wovon sprecht Ihr?

Romulph. Von einem Ding, das Euch betrifft; denn wißt: Das Knäblein – – doch 's ist todt! Was frommt's zu wissen?

Isolda. Ich aber will es wissen, und befehl' Dir –

Romulph. Daß Ihr nicht das Befehlen lassen könnt!

Roland *(heftig).*
Daß Du Dich an's Gehorchen nicht gewöhnst! Sprich allsogleich!

Romulph. Mit dem ist nicht zu spaßen! (Zu Isolda.)
Ich sagte vorhin, daß ich Euch vor Zeiten Gar großen Dienst erwies; vernehmt nun, *welchen,* Und war er fruchtlos, ist's nicht meine Schuld. – Ihr lagt noch in der Wieg', als Euer Vater, Graf Ulrich starb von Spannheim, und Lothar, Eu'r Brüderchen, ein Knäblein von drei Jahren, Mit dem sein Vormund, Freiherr Eberhard, Den Rhein befuhr, am Lurlei-Fels ertrank; So fiel das Land dem nächsten der Agnaten, Dem Raugraf zu, mit dem Ihr jetzt in Fehde.

Isolda. So ist es, und so hört' ich oft erzählen.

Romulph. Doch ist's *nicht* so. Denn hört: ein Schiffer ward
Von einem unbekannten Mann gedungen,
Den Freiherrn und das Gräflein zu ermorden –

Isolda. Der Schiffer aber, sprich –

Romulph.   War *ich*.

Claudius.   Entsetzlich!

Isolda. Mein Brüderchen zu morden!

Romulph.   Doch ich schont' es.
Der Freiherr gab mir Geld, und schweren Eid
Des Schweigens mußt' er leisten, wie sein Diener,
Ein Küchenjung' mit einem Schalksgesicht,
Dem Todesangst die Zähne klappern machte,
Indeß das Knäblein seiner Fratze lachte.
Sie ließ ich Alle in dem Wald. Was weiter
Geschah, das weiß ich nicht. Fragt *den!* Denn *er* ist
Der Küchenjunge.

Isolda *(zu Leopold).*   Du? O sprich! Mein Bruder –?

Leopold. Nichts Gutes kann ich leider Euch verkünden.
Das Knäblein brachten wir in eine Hütte,
Denn es war krank und fror; bald lag's im Starrkrampf,
Ward still und stiller – athmete nicht mehr.

Isolda. Mein Brüderchen! Mein armes Brüderchen!

Leopold. Ich hielt's in meinen Armen, bis es todt war,
Und d'rauf entließ mich Freiherr Eberhard;
Er ging in's Kloster, ich nach Spanien,
Wo ich Olla Potrida kochen lernte.

Isolda. So starb mein Bruder mir zum zweiten Mal! –
Ihr sollt mir diese Kunde wiederholen
Vor meinem Oheim und vor unsern Rittern.
Noch manches Dunkel ruht auf dem Ereigniß;
Kann ich den Bruder nicht beleben, will ich
Doch rächen an dem Schuld'gen seinen Tod.
(Zu   Romulph.)
Wie Du des Knaben schontest, schon' ich Dein.
(Zu   Leopold.)

Du aber, der dem Bruder bis zum Tod
Sich treu erwies, sollst unbelohnt nicht bleiben.

Leopold. Laßt Euch die Hände küssen –

Fünfte Scene.

Vorige. Der Marschall.

Marschall. Gnäd'ge Gräfin!
Wohl mir, daß ich Euch fand!

Isolda. Vergebt mir, Marschall!
Die Jagdlust lockte mich aus Euerm Kreise.

Marschall. Wir haben uns vertheilt, Euch aufzusuchen.
So eben, Gräfin, sandt' uns Euer Ohm
Den Boten zu mit einer ernsten Nachricht:
Der Raugraf brach den Waffenstillstand.

Isolda. Wie?
Den er beschwor? Abscheulich!

Marschall. Alles ist
In Aufruhr an dem Hof –

Isolda. So laßt uns eilen!

Marschall. Sogleich lass' ich den Jägerruf erschallen,
Der auf dem Wiesenplan uns dort versammelt. *(Ab.)*

Isolda*(zu Roland und Claudius).*
Tragt Ihr zu Abenteuern Lust, Ihr Herren,
Folgt mir nach Hof in uns're Pfalz. Es gilt
Das Land befrei'n und den Verräther schlagen.
Vergönnt ein Wort mit Euerm Diener.
(Zu Leopold und Romulph.) Kommt!

(Ab mit Leopold und Romulph.)

Sechste Scene.

Roland. Claudius.

Roland. Was sagst Du, Bruder? Welch ein herrlich Weib!
Wie männlich und wie kühn! Was sind dagegen

Bei uns daheim die steifen Bürgermädchen,
Blond, stumm und stumpf, rothbackig und langweilig!
Das ist nun gleich was And'res! Eine Gräfin!
Wie fein das spricht! Ein Bischen herrisch zwar,
Doch man gehorcht ihr gern. Wie sprüht der Mund,
Das Aug', das ganze Antlitz Geist und Leben!
Hast Du's gehört? Der Krieg bricht aus auf's Neue!
Ich kämpfe für die Pfalz!

Claudius.   So wär's kein Traum?
Kein Märchen?

Roland.   Nein! Kein Märchen: Wahrheit ist's,
Das frische, volle Leben lacht uns an.

Siebente Scene.

Vorige. Leopold.

Leopold. Folgt mir, Ihr Herren!

Roland.   Wohin?

Leopold.   Ei, in die Pfalz.
Mein Glück ist nun gemacht: ich bin der Liebling
Der schönen, jungen Gräfin, die an Euch
Gefallen fand, da Ihr Euch artig zeigtet;
Sie hält Euch für – ich weiß nicht, was; für vornehm,
Für Ritter oder Grafen.

Roland.   Wirklich?

Claudius.   Du
Benahmst ihr doch den Irrthum?

Leopold.   Ei, bei Leibe!
Auch hälf' es nichts, denn sie besteht darauf,
Und endlich weiß ich selbst nicht, wer Ihr seid.
So sagt' ich denn nicht ja, nicht nein, und ließ
Sie glauben, was sie will.

Claudius.   Das ist Betrug!

Leopold. Warum? Wenn's ihr Vergnügen macht? Euch schadet's
Ja nicht! Seid klug! Benützt vielmehr den Irrthum,

Und bleibt incognito: das ist das Beste.
Man zieht Euch an den Hof, nennt Euch Herr Roland,
Und Claudius – so heißt Ihr ja; nun gut!
Man wird im Krieg ein Fähnlein Euch vertrau'n,
Und schlagt Ihr nur ein Bischen d'rein, so schreit
Man Wunder über Eure Tapferkeit;
Denn was ein Adeliger thut, das zählt
Gleich mehr, als was von unser Einem kommt,
Und seid Ihr keine Ritter, könnt Ihr's werden.

Roland. Sein Rath ist gut –

Claudius.   Doch immer bleibt's Verstellung.

Leopold. Sag' ich denn, Ihr sollt lügen? Laßt das Maul
Nur zu, sonst braucht's ja weiter nichts, und macht
Ein Bischen *mehr* aus Euch: die Welt verlangt das.
Im Uebrigen verlaßt Euch nur auf mich!
Ich gelt' etwas bei Hof, als Grafenretter,
Und nehm' Euch unter meine Protection.

                    (Jagdhörner hinter der Scene.)

Roland. Horch! Horch!

Leopold.   Man ruft uns.

Roland.   Folgen wir!

Claudius.   Du meinst –?

Leopold. Auf! Zögert nicht, und macht mich nicht zu Schanden!
Man muß Euch für gemeine Leute halten,
Wenn Ihr so albern ehrlich seid. Na kommt nur!

Dritter Act.

(Nürnberg. Eine Stube.)

Erste Scene.

Hedwig und Frau Anne (sitzen und spinnen).

Anne. Die leichten Burschen! In die Welt zu rennen,
Und ohne Gruß und Abschied! Grade jetzt,
Wo sie ein Amt erwartet! Wüßte das
Dein Vater, der so viel auf sie verwendet,
Kehrt' er im Grab sich um.

Hedwig. Sprecht nicht so hart!
Zwar schmerzt mich's auch, daß sie verstohlen gingen,
Doch ließen sie ein Brieflein mir zurück;
Und endlich billig ist's, daß junge Leute
Die Welt beseh'n.

Anne. Doch ist's nicht die Manier.
Nun, nur Geduld! Die werden mit den Hörnern
Anrennen! Ei, sie glauben wohl, daß man
Die Aepfel nur so von den Bäumen schüttelt!
Gib Acht! Das kommt nicht klüger als es ging,
Und obendrein wird Geld und Wäsche fehlen.

Hedwig. Ach, wären sie erst da!

Anne. Man kann's erwarten. –
Nun, sprich, mein Kind! Hast Dich noch immer nicht
Entschlossen?

Hedwig. Liebe Base –

Anne. Sieh, der Freier
Wird täglich dringender; es ist ein Rathsherr,
Und schmuck und reich, und gar nichts auszusetzen.
Bedenk', Du bist nun achtzehn – ja vorüber!
Denn zwanzig Jahre sind's, seit Euer Vater
Als junger Wittwer mit den beiden Knaben
Nach Nürnberg kam, und meine Schwester freite.
Herr, wie die Zeit verstreicht! *(Steht auf.)*

Sah ich den Fratz
Doch in der Wiege liegen, der nun groß
Und stattlich vor mir steht! Und ich belehr' ihn,
Sich einen Mann zu nehmen! Einstens sprichst Du
Mit Deiner Tochter so; und so geht's weiter!
Das ist die Welt. Na, lassen wir's! – Sprich! Willst Du?
Willst meinen Rathsherrn nehmen?

Hedwig(*steht auf*). Seht Ihr, Base,
Was man so Liebe nennt, das fühlt' ich nie;
Doch scheint's ein wackrer Mann, der freit um mich,
Und da Ihr's Alle wünscht, werd' ich am Ende
Ja sagen müssen.

Anne. Nun, Gott Lob!

Hedwig. Allein
Verschweigt's ihm noch.

Anne. Warum?

Hedwig. Die Brüder müssen
Zurück erst sein, und meine Wahl auch bill'gen.

Anne. Sah ich doch nie ein Mädchen, das so viel
Auf seine Brüder hält! – Doch sei's! Hier nimm
Die Hand, daß ich's verschweigen will – wenn ich
Mich nicht verplaudere. (*Man hört klopfen.*)

Hedwig. Es klopft!

Anne. Herein!

Zweite Scene.

Vorige. Humbert.

Humbert. Gott grüß' Euch, Jungfer Hedwig.

Anne. I, der Humbert!

Humbert. Mit Haut und Haar.
(*Zu Hedwig.*) Reicht mir die Hand!

Hedwig. Willkommen!

Anne. Ei, von der Messe schon zurück?

Humbert. Das geht
So hin und her bei uns. In wenig Tagen
Kehr' ich vielleicht in's schöne Rheinland wieder.

Hedwig. Ihr kommt vom Rhein?

Humbert. Zu dienen, liebe Jungfer,
Und bringe Gruß und Kuß von Euren Brüdern.

Hedwig. Von meinen Brüdern? Sprecht, o sprecht –

Anne. Nur ruhig! –
Was machen sie, die liederlichen Jungen?

Humbert. Sie leben ohne allen Harm,
Und sitzen in der Pfalz gar warm;
Ja, sind beim Pfalzgraf selbst gelitten,
Ob ihrer guten, feinen Sitten.

Anne. Beim Pfalzgraf? Was Ihr sagt!

Humbert. Glaubt mir.

Hedwig. Und nichts als einen Gruß bringt Ihr?

Humbert. Sie hätten gern dazu geschrieben,
Doch ist uns keine Zeit geblieben;
Wir wechselten nur kurze Rede,
Die Brüder zogen in die Fehde.

Anne. Was?

Hedwig. In die Fehde?

Humbert. Ihr Patron
Führt mit dem Raugraf Krieg, seit lange schon.

Anne. Sie zogen in den Krieg? Herr je!
Muß uns ein solches Unglück treffen?
Sie kommen um! O Jemine!
Es sind doch immer meine Neffen.

Humbert. Ihr seht das gar mit trübem Blick!
Geht's gut, so machen sie ihr Glück.

Anne. Ja, wenn sie erst den Kopf riskiren,
Und Glieder, Arm und Bein verlieren.

Humbert. Ein Jeder treibt's nach seiner Weise,
Der wagt im Krieg, der auf der Reise,
Der zieht zur Messe, der in die Schlacht.
Der Graf ließ Beide völlig rüsten,
Glänzt Helm und Harnisch hell in Pracht,
Fast trug ich mitzuzieh'n Gelüsten.

Anne. Die tollen Jungen! Närr'sche Sachen!
Wenn sie am Ende Beute machen!

Humbert. Das bleibt nicht aus.
(Zu Hedwig.) Kehr' ich zurück,
Gebt mir ein Brieflein; auf gut Glück
Will ich's als Bote überbringen.

Hedwig. Ja, wenn sie noch am Leben sind!

Humbert. Sorgt nicht, mein liebes, schönes Kind!
Die sind verspart zu größern Dingen.
So kecke Herzen, frisches Blut,
Das schlägt sich durch, ich steh' Euch gut. –
Nun will ich meinen Abschied nehmen.

Anne. Will sich der Herr zum Sitzen nicht bequemen?

Humbert. Ein ander Mal. Will mich erfrechen,
Im Hause wieder einzusprechen.

Anne. Nehmt das Geleit.

Humbert. Ihr seid zu gut.
(Zu Hedwig.)
Lebt wohl!

Hedwig. Lebt wohl –

Humbert. Muth, Jungfer, Muth!
Im Krieg trifft nicht ein jeder Streich,
Und trifft er auch, man stirbt nicht gleich.
(Ab mit Frau Anne.)

Hedwig *(allein).*
In Krieg und Schlacht! – Ach, nun ist's aus!
Sie kehren nimmermehr nach Haus.
Mir sprengt's die Brust. – Die enge Stub'

Dreht sich im Kreis – wär' ich ein Bub',
Ich liefe fort zur selben Stund',
Ich liefe mir die Füße wund,
Bis ich ihn fänd', den Bruder mein,
Vielleicht schon todt – mein Claud! – Doch nein!
Er lebt! Er lebt! Gewiß! Wie bricht
Aus meinem Innern helles Licht!
Nimm, theurer Bruder, meinen Schwur:
Dir will ich angehören nur,
Und steh' ich nicht an deiner Seite,
Die Liebe wirkt auch in die Weite.
Umbrause Dich der Schlachtlärm wild:
Mein Herz – es sei Dein Schirm, Dein Schild;
Und wo es schlägt, dort oder hier,
Es lebt für Dich, es bricht mit Dir.
Ich aber – ja, das bringt Dir Glück! –
Den Bräutigam weis' ich zurück. –
Nun bin ich ruhig, bin gefaßt,
Befreit die Brust von schwerer Last.
Doch still! Und Niemand soll's erfahren;
Will mein Gelübde treu bewahren. *(Ab.)*

Dritte Scene.

(In der Pfalz am Rhein.)

Romulph (als Soldat, mit der Hellebarde, geht auf und ab.) Leopold (in bunten Kleidern, tritt auf).

Romulph*(hält ihm die Hellebarde entgegen).* Wer da?

Leopold. Gut Freund! Kennst Du mich denn nicht mehr?

Romulph. Freilich kenn' ich Dich.

Leopold. Nun denn! Was schrei'st Du mich an?

Romulph. Das Schreien ist meine Schuldigkeit. Zudem sind wir hier in einem eroberten Land; da heißt es immer auf der Hut sein.

Leopold. Es ist wahr! Wir haben den Raugrafen verjagt und sind als Sieger hier in seine Burg eingezogen, wo ich einst Küchenjunge war. – Sag' einmal: ist der Krieg jetzt aus?

Romulph. Das weiß ich nicht.

Leopold. Du bist ja vom Handwerk.

Romulph. Ich bin nur zum Dreinschlagen. Ich frage nicht viel: Wie und warum? Wo man mich hinstellt, da steh' ich, und was man mir commandirt, das thu' ich.

Leopold. Alles?

Romulph. Alles.

Leopold. Ich wette, nein.

Romulph. Alle Teufel! Ja.

Leopold. Fluchen hat er auch schon gelernt. Aber höre! Wir sind Freunde geworden, nicht wahr?

Romulph. So was dergleichen. Wir haben zusammen getrunken, und Du hast für mich bezahlt.

Leopold. Nun gut! Gesetzt, man trüge Dir auf, mich, Deinen guten Freund, der für Dich zahlt, gefangen zu nehmen.

Romulph*(packt ihn)*. Ich hab' ihn schon.

Leopold. Mich niederzustechen –

Romulph*(hebt die Hellebarde)*. Ich steche –

Leopold. Halt! Es war ja nur beispielsweise.

Romulph. Ja so! *(Stellt die Hellebarde nieder.)* Bei Fuß.

Leopold. Ich sehe, Du verstehst keinen Spaß. Du bist überhaupt ein ganzer Kerl worden. Gib Acht! Wir Beide bringen's noch weit in der Welt. Sieh! Mein neuer Herr, der Pfalzgraf, ließ mir dies kostbare Ehrenkleid machen.

Romulph. Sieht ein Bischen scheckig aus.

Leopold. Man trägt's am Hofe so. Aber auch Dein Wamms ist nicht übel, Kamerad.

Romulph. Kamerad?

Leopold. Das ist nur eine Redensart. Ich weiß wohl, daß wir Beide nicht auf Einer Stufe stehen.

Romulph*(verächtlich)*. Das ist richtig.

Leopold. Du bildest Dir doch nicht ein, *über* mir zu stehen? Ich bin des gnädigen Herrn Liebling.

Romulph. Das heißt: Du leckst die Ueberbleibsel von seiner goldenen Schüssel, wie sein Schooßhündchen. Ich kaue schwarzes Brot; dafür bin ich sein Arm und seine Stütze.

Leopold. Du übernimmst Dich ein Bischen, guter Freund! Erinnere Dich an Deinen vorigen Stand.

Romulph. Was Stand! Ich war von jeher ein tapferer Mann; das ist die Hauptsache. Früher führt' ich Krieg auf meine Faust; jetzt hab' ich diese Faust an einen Andern verkauft. Ich bin Soldat mit Leib und Seele, und kenne nichts als mein Commando. Marsch! Halt! Rechtsum! Linksum! Vorwärts! Einhauen! Punktum. Das ist Subordination.

Leopold. Dagegen läßt sich nichts einwenden. Dort kommt unser gnädiger Herr, der Pfalzgraf!

Romulph *(stellt sich in Positur, salutirt, dann ab)*.

Vierte Scene.

Leopold. Der Pfalzgraf.

Pfalzgraf *(zurücksprechend)*. Gebt dem Boten zu essen. Sendet Ritter Hugo hieher, sobald er ankommt. Sieh da, Bursche, bist Du auch da?

Leopold. Eurer Hoheit aufzuwarten. Neue Nachrichten, wenn man fragen darf?

Pfalzgraf. Allerdings, mein Junge. Unser Anführer, der alte Ritter Hugo, hat sich mit Ruhm bedeckt, und Deine ehemaligen jungen Herren, Claudius und Roland, nahmen den Raugrafen eigenhändig gefangen.

Leopold. Hab' ich's nicht immer behauptet: es sind geborne D'reinschlager? Sagt 'mal, Hoheit, nun werden wohl die Glocken geläutet, und ein Te Deum gesungen?

Pfalzgraf. Das versteht sich.

Leopold. Und ein Einzug muß gehalten werden, der sich gewaschen hat, und eine Illumination und Alles miteinander, wie's nun schon einmal zu einer ordentlichen Völkerbefreiung gehört. Haben sich denn die beiden jungen Leute wirklich so ganz besonders ausgezeichnet?

Pfalzgraf. Sie haben gefochten wie die Löwen, wie man zu sagen pflegt. Meine Nichte glaubt, daß sie vornehmer Abkunft seien, und ich vermuthe fast, sie hat Recht. Was sagst Du dazu?

Leopold. Hm! Ich lernte sie in Nürnberg auf der Straße kennen; mehr weiß ich nicht von ihnen. Es sind ein paar junge »Guck in die Welt«, die in's Blaue reisen; und meinethalben mögen's Grafen oder Prinzen sein, mich kümmert's wenig.

Pfalzgraf. Ich will sie nicht geradezu fragen; aber Du, in Deiner jetzigen Stellung, könntest wohl die Wahrheit herausbringen.

Leopold. In meiner Stellung? Ja, was hab' ich denn für eine Stellung?

Pfalzgraf. Weißt Du's denn nicht? Betrachte einmal Dein neues Gewand.

Leopold. Mein Gewand?

Pfalzgraf. Nun ja! Es ist bunt; auch hängen Schellen daran.

Leopold. Schellen? Ich hielt das für eine neue Mode.

Pfalzgraf. Beileibe! Eine uralte, mein Bursche! Denn so pflegen sich seit Jahren die Lustigmacher und Narren zu tragen.

Leopold. Was? Ich bin also ein Narr?

Pfalzgraf. So ist es.

Leopold. Und ohne daß ich's weiß?

Pfalzgraf. Es geht manchem Menschen so.

Leopold. Ich will aber kein Narr sein –

Pfalzgraf. Mein Sohn, das liegt nicht immer in unserer Willkür.

Leopold. Einen Menschen hinter seinem Rücken zum Narren machen – das ist zu viel. Ich bitte um meinen Abschied.

Pfalzgraf. Was fällt Dir ein?

Leopold. Eure Hoheit mögen ein recht guter Pfalzgraf sein, aber Eure Hoheit sollten auch die Verstandeskräfte eines Menschen zu schätzen wissen.

Pfalzgraf. Nimm Dich in Acht! Du sprichst Dich immer besser in Deinen Beruf hinein. Gib Dich zufrieden! Du sollst an unserem Hofe bleiben.

Leopold. Als Narr? Unmöglich!

Pfalzgraf. Als Hof-Narr, wenn Du willst.

Leopold. Hof-Narr? Gehört doch immer in die Gattung. Wißt Ihr was, gnädiger Herr? Macht mich zum Hofkoch.

Pfalzgraf. Daß Du mir meine Brühen verdirbst!

Leopold. Sorgt Euch nicht! Ich habe vor zwanzig Jahren hier im Schlosse den Bratspieß gedreht, und bin, so zu sagen, zwischen Topf und Schüssel aufgewachsen.

Pfalzgraf. Wir wollen sehen, was zu machen ist. *(Kriegerische Musik hinter der Scene.)* Horch! Ritter Hugo mit unsern Truppen ist bereits auf dem Rückmarsch. Entferne Dich, mein Bursche.

Leopold. Vergeßt den Hofkoch nicht. Im Grunde bin ich das Faulenzen satt, und fühle nach und nach den Trieb in mir, ein nützlicher Staatsbürger zu werden, und einen guten Gehalt zu beziehen. *(Ab.)*

Fünfte Scene.

Pfalzgraf. Isolda. Ritter Hugo.

Isolda. Da bring' ich Euch den Ritter, lieber Oheim.

Hugo. Verzeiht, daß ich, so staub- und schweißbedeckt, In Eure Nähe trete, hoher Herr.

Pfalzgraf. Ihr führt den Sieg mit Euch, mein tapf'rer Feldherr! – Der Raugraf, unser Vetter, ist gefangen?

Hugo. Nicht mehr.

Pfalzgraf. Wie das?

Hugo. Er starb an seinen Wunden. Doch hat er noch mit seinem letzten Athem

45

Uns eine wunderbare Mähr' verkündet,
Die Euch um eine Grafschaft reicher macht.

Pfalzgraf. Ihr sprecht in Räthseln!

Hugo. Hört die Lösung, Herr.
(Zu   Isolda.)
Als Euer Vater starb, der Graf von Spannheim,
Und Euer Bruder bald nach ihm, *dem* Mörder,
Wie wir vernahmen, nach dem Leben strebten,
Da fiel das Land dem Raugraf zu, der damals
Wie jetzo, weit und breit gefürchtet war.
Seit zwanzig Jahren freut' er sich der Herrschaft,
Die er durch Frevel sich erwarb, denn wißt:
Er war es, der die Mörder sandte gegen
Das Gräflein und den Freiherrn Eberhard.

Pfalzgraf. Er war's?

Hugo. So sagt' er sterbend aus vor Zeugen;
Und Euch gehört nach salischem Gesetz
Die Grafschaft jetzt.

Pfalzgraf*(zu Isolda).* Wenn doch Dein Bruder lebte!
Mit junger Kraft würd' er die Herrschaft führen,
Die meinem Alter neue Sorge macht. –
Geht nun, verpflegt Euch, werther Freund.

Hugo. Erlaubt, Herr,
Daß ich die beiden Fremden Euch empfehle,
Roland und Claudius, deren starker Arm
Den mächt'gen Feind bezwungen.

Pfalzgraf. Laßt sie kommen.

(Ritter Hugo ab.)

Sechste Scene.

Der Pfalzgraf. Isolda.

Pfalzgraf. Es spricht in mir für diese jungen Männer,
Die unserm Hofe großen Dienst erwiesen.

(Ein Page tritt auf, der dem Pfalzgrafen einen Brief überreicht, und wieder abgeht.)

Pfalzgraf *(erbricht den Brief).*
Von Seiner Liebden, Grafen Job aus Geldern,
Mit einem Ring – für Dich. Du weißt, es wirbt
Der Graf um Dich für seinen ältern Sohn.
Du kennst ihn nicht, nun will er beide Junker
Uns senden an den Hof. *(Sieht in den Brief.)* Sie kommen, heißt's,
Von der berühmten Schul' in Wittenberg
Und sind in Nürnberg jetzt. Hör', was er schreibt. *(Liest.)*

»– Auf daß aber Euer Liebden der jungen Grafen Eigenschaft etlicher Maßen erkennen: so hat der Aeltere einen etwas störrigen Kopf; den wollen Eure Liebden so viel mildern, als möglich. Ist sonst ein treuer, frommer, junger Mensch, auch ein guter Waidmann. Er trinkt auch gern sich etwas voll, welches ihm aber nicht gut ist. Da bitten wir Eure Liebden ganz freundlich auf's Höchste, Eure Liebden wollen ihm darin wehren. Er spielt auch gern; da wollen Eure Liebden ihm auch ein Maß inne setzen, da er von uns ein Einkommen hat – alle Messe tausend Gulden – wo es uns denn nicht gelegen wäre, so er Schulden Spieles halber oder sonst machte, die zu bezahlen. Eure Liebden wollen ihm auch nicht zulassen, daß er die Nacht hinausgehe in andere Häuser, auf den Gassen zu gassiren und zu jubiliren, es wäre denn Sache, daß Eure Liebden selbst eine ehrliche Freud' vor hätten« u. s. w.

Was sagst Du, Nichte?

Isolda. Diese Schilderung
Ist nicht geschaffen, Liebe zu erwecken.

Pfalzgraf. Warum? Es ist ein lust'ger, junger Mensch;
Das tobt sich aus, und wird ein ganzer Mann.
Und sieh den schönen Ring!

Isolda. Oheim!

Pfalzgraf. Was hast Du?

Isolda. Solch einen Ring sah ich an Roland's Finger –

47

Pfalzgraf. Solch einen Ring?

Isolda. Gewiß!

Pfalzgraf. Die Junker kommen
Aus Wittenberg und Nürnberg – wie die Fremden!
Der Ring – der Brief – Isolda, welch' ein Licht!
Sie sind's! Die jungen Grafen sind's von Geldern.

Isolda. Roland und Claudius?

Pfalzgraf. Sie und keine Andern!

Isolda. Doch jene Schilderung paßt nicht auf Roland.

Pfalzgraf. Und eben, *weil's* nicht paßt, *sind* sie die Grafen.
Ein lust'ger Herr ist Job, sein Blut schlägt sicher
Nicht aus der Art, sein Brief ist nur Verstellung.
Er schildert uns die Söhne wie sie *nicht* sind,
Indem wir sie erwarten, sind sie da,
Die Fremden sind es unter falschen Namen.

Isolda. Sie? – Doch wenn Ihr Euch täuschtet?

Pfalzgraf. 's ist ja klar!
Der Roland drängt sich stets in Deine Nähe,
Er will als Unbekannter Dich erobern.

Isolda. Er seh' sich vor! Spräch' auch mein Herz für ihn,
Verstellung könnt' es ihn verlieren machen.

Pfalzgraf. Ich bitt' Dich, sei nicht eckel, liebe Nichte!
Bring' Deinen treuen Schäfer zur Erklärung,
Und dank' dem Himmel, daß der junge Graf
Nicht seines Vaters Schild'rung gleicht. – Sie kommen!
Sie sind's! Sieh nur den adeligen Anstand!

Siebente Scene.

Vorige. Roland und Claudius.

Claudius. Wir nahen, gnäd'ger Herr, da Ihr's gestattet.

Roland*(zu* *Isolda).*
Wir legen Eurer Hoheit uns zu Füßen.

Pfalzgraf. Willkommen, meine tapfern, jungen Freunde!
Ich grüß' Euch in dem Stammschloß uns'rer Ahnen;
Denn hier regierte einst des Fräuleins Vater,
Graf Ulrich, unser Vetter. *(Weist nach der Wand.)*
                                    Seht sein Bildniß.
Er hält Lothar, sein armes Kind, umschlungen,
Und lacht uns freundlich zu, als wollt' er uns,
Die alten Freunde und Verwandten, grüßen.
Wem aber danken wir die Wiederkehr
In unser Eigen? Euerm tapfern Schwert!
Und so verdient Ihr auch den reichsten Lohn.

Claudius. Herr Graf, wir sind belohnt durch Euern Beifall.

Pfalzgraf. Ich kenne Euern Sinn, dem Dank genügt;
Doch gibt es einen Lohn gar hoher Art,
Wonach ein edles Herz sich sehnen mag.
Reicht mir die Hand! *(Leise zu Isolda.)*
                                    Fürwahr, der Roland trägt
Den Ring, von dem Du sprachst. *(Laut.)*
                                    Als wack're Ritter
Habt Ihr gekämpft, d'rum wollen wir Euch Beiden,
Vor unsers Landes Edlen und den Damen,
Den Ritterschlag verleih'n

Roland.   Den Ritterschlag!
Mein Bruder! Welche Gnade, welche Ehre!

Claudius. Sie steht zu hoch für uns're Jahr' und Thaten.

Pfalzgraf. Man ehrt an einem Mann, was er gethan,
An einem jungen Mann, was er verspricht.
Es bleibt bei meinem Wort: noch heute wird
Die wohlverdiente Ehre Euch zu Theil.

Claudius. Doch, hoher Herr –

Pfalzgraf.   Nein, nein! Sagt nichts dagegen!
Wir wissen, was wir thun. *(Zu Isolda.)*
          Nicht wahr? *(Leise zu ihr.)*

                                    Der Erbgraf
Hat ganz die Nase seines Vaters. *(Laut.)*

Lebt wohl!
Wir finden bei dem Festesmahl Euch wieder,
Und sind in Gnaden Euch gewogen. *(Leise zu Isolda.)*
Sieh nur,
Wie er demüthig sich verneigt! Der Schalk!
Es schlägt das Gräfliche doch immer durch. –
Lebt wohl! – Ich kann das Lachen kaum verbeißen!

(Ab mit Isolda.)

Achte Scene.

Roland. Claudius.

Roland. Hörst Du's, mein Bruder? Wie ist Dir zu Muth?
Mir schwirrt's in Kopf und Brust, mein Sinn ist trunken!
Bald wird man uns den Ritterschlag verleih'n.

Claudius. Den Söhnen eines Bürgers, eines Goldschmied's!

Roland. Pah, einen Vater muß ein Jeder haben!
Ich sage Dir, ich bin ganz umgewandelt,
Mir ist schon völlig ritterlich zu Muth.
Du aber freu'st Dich nicht! Was grübelst Du?

Claudius. Mein Bruder, nenn' mich Kind und Thor und Träumer:
Dir berg' ich nicht, was mächtig mein Gemüth
Im Innersten verfolgt, seit wir im Rheinland.
Sieh, jene Ritterburgen nickten mir
Wie alte Freunde und Bekannte zu,
Mir war als hätt' ich Alles schon erlebt
In einer frühern, längst entschwund'nen Zeit:
Da rauschten Sammt und Seide, so wie hier,
Da klangen Schwert und Leier, so wie hier,
Und Ritter wandelten und holde Frauen,
Und Bilder hingen an der Wand, wie hier –
Ein stattlich großer Mann mit braunem Bart
Hielt mich, ein Kind, auf seinem Schooß, und hüllte
Mich in den Mantel ein, ich aber spielte
Mit seinem Schwert – ha, sieh! *(Weist nach der Wand.)*

Roland. Was ist –?

Claudius *(wie oben)*.   Da, da.

Roland. Nun ja! Das Bild, das uns der Herr gepriesen:
Der   Graf   von   Spannheim   ist's,   Isolda's   Vater,
Mit seinem kleinen Sohn, Lothar.

Claudius.   Lothar –

Roland. Von dem uns Leopold erzählt. Das Knäblein
Verschied   in   seinem   Arm.   –   Was   sinnst   Du   noch?
Dich plagt das Heimweh, und Dir fehlt die Schwester?

Claudius. Die Hedwig war von je mein guter Engel –

Roland. Je nun, die Hedwig lieb' ich auch; doch Schwester
Bleibt   Schwester,   und   es   gibt   noch   and're   Engel.
Das   dunkle   Nürnberg   hab'   ich   längst   vergessen,
Seit uns das Leben hier so freundlich anlacht.

Claudius. So schien mir's auch zuerst; nun aber faßt mich
Ein   Bangen,   eine   namenlose   Angst
In   diesen   Hallen,   diesen   Säulengängen;
Wie   Jenem,   der   im   Zauberschlafe   lag,
Schwebt   mir   ein   Klang,   ein   Wort   vor   meiner   Seele,
Das   ich   ausschreien   möchte   in   die   Welt,
Und   so   den   langen,   dumpfen   Zauber   lösen   –
Doch   find'   ich   nicht   das   Wort,   und   schwer   und   bleiern
Drückt   mich   die   Fessel   dieser   Alltagswelt;
Der   Glanz,   der   Pomp,   der   uns   umgibt,   verletzt   mich,
Die   Menschen   scheinen   höhnisch   mir   zu   lächeln,
Die   Pfeiler   wanken,   und   die   Bilder   steigen
Von ihrer Wand – mir schwindelt's! Fort! Hinaus!

Roland. Wo eilst Du hin, mein Bruder?

Claudius.   In den Wald.

Roland. Wohl, ich begleite Dich.

Claudius.   Nein, bleib' nur, Lieber!
Du   kennst   ja   meine   Art.   Sieh!   Mich   verlangt's
Nach   Einsamkeit.   Der   Frühlingsbäume   Säuseln,
Der   Duft   der   Blumen   und   der   Wolken   Zug
Beschwichtigt   bald   die   aufgeregte   Seele,
Und heiter kehr' ich wieder. Lebe wohl! *(Ab.)*

Roland *(allein)*.
Mir bangt um ihn. Er war von je ein Träumer;
Der Schwester nur gelang's, ihn zu beschwicht'gen,
In solcher Stund', wo ihn der Geist erfaßte.
Erfüllte ihm den Busen, so wie mir,
Ein hohes Bild, ein lieblicher Gedanke –
Er ließ' das Träumen sein, und hielte sich
An's frische Leben, an die Wirklichkeit.

Neunte Scene.

Roland. Isolda.

Isolda. Herr Roland –

Roland.   Hohe Herrin!

Isolda.   Seid gegrüßt!
Ihr schenktet uns den Frieden: so gestattet
Uns Frauen auch ein Dankeswort dafür.

Roland. Sprecht nicht von Dank! Wir sind in Eurer Schuld,
Da uns, den unbekannten Fremdlingen,
Vergönnt war, einer hohen Frau zu dienen.

Isolda. Stellt uns nicht allzuhoch, noch Euch zu tief;
Wen Tapferkeit und feine Sitte ziert,
Der mag in jedem Kreis willkommen sein;
So freu' ich mich der flüchtigen Begegnung,
Die mir im Waldesgrün Euch zugeführt.

Roland. An eine holde Stunde mahnt Ihr mich,
Wo mir zuerst – wenn gleich ein wenig spröde –
Entgegen trat das Schöne und das Hohe.

Isolda. Ich seh', Ihr hüllt in Lob den Tadel ein,
Und zwingt mir doppeltes Erröthen ab.

Roland. Nicht tadeln, theure Herrin, wollt' ich Euch!
Ich weiß, dem edlen Geist ziemt edler Stolz.

Isolda. Daß Ihr mich länger nicht des Stolzes zeiht,
Erlaub' ich Euch, *dem unbekannten Fremdling,*
Der *Gräfin* Hand zu küssen. *(Reicht ihm die Hand.)*

Roland. Meine Lippen
Versiegl' ich *so,* für ihr zu vorlaut Wort.
(Küßt ihr die Hand, und stutzt, da er den Ring bemerkt.)
Ha!

Isolda. Ihr erschreckt vor meiner Hand? – Was seh' ich?
Ihr tragt denselben Ring, wie ich, am Finger.

Roland*(verlegen).*
Denselben Ring?

Isolda*(für sich).* Er scheint verwirrt! Er ist's!
(Zu Roland.)
Seht selbst!

Roland*(wie oben).* Sehr sonderbar –

Isolda*(für sich).* Das arme Gräflein!
Ich will ihm aus der Klemme helfen nur!
(Zu Roland.)
Die Ringe sind gewiß vom selben Goldschmied –

Roland. Das glaub' ich auch.
(Für sich.) Ich weiß es nur zu gut!

Isolda*(für sich).*
Wie das? Der Goldschmied macht ihn noch verwirrter.
(Laut.)
Von wem habt Ihr den Ring?

Roland. Von meinem Vater!

Isolda*(beobachtet ihn).*
Und meinen sandte mir der Graf von Geldern.

Roland. Der Graf von Geldern?

Isolda*(für sich).* Wunderlich! Beim Grafen
Bleibt er gefaßter als vorher beim Goldschmied.
(Zu Roland.)
Es heißt, er will mit Nächstem seine Söhne
Uns zum Besuche senden.

Roland. So?

Isolda. Was sinnt Ihr?

Roland. Ich dachte mir, wenn nun die Grafen kommen,
Wie dann wir Armen, gleich den dunklen Sternen,
Verschwinden werden vor der Sonne Glanz.

Isolda. Ihr traut uns wenig zu, wähnt Ihr, wir würden
Der treuen Freunde Dienst so rasch vergessen.

Roland. Ihr nennt mich Euern Freund? Ich bin beglückt,
Darf ich mich fürder Euern Diener nennen.

Isolda. Mein Diener nicht: Ihr sollt mein Ritter sein;
Vergeßt der Würde nicht, Euch zugedacht.

Roland. Dies milde Wort weckt mir den Muth auf's Neue:
Zu Euer'm Ritter weih' ich mich, und bleib' es,
So lange huldvoll mir dies Auge lächelt.

Isolda *(gibt ihm eine Schleife).*
Tragt meine Farbe denn, mein tapf'rer Ritter,
Und bleibt der Dame, die ihr Euch erwählt,
Treu und ergeben – *ohne Falsch und Trug.*

Roland *(küßt die Schleife).*
Die Gunst macht mir den Busen überschwellen,
Und spornt das Herz zu Thaten an. Was war ich,
Eh' ich in Deine Nähe trat? Ein Nichts!
Nun aber bin ich erst ich selbst, ein Mann,
Seit sich Dein holdes Wesen mir erschlossen.

Isolda. Ihr seht mich allzu gut. *(Für sich.)*
Er ist mir wirklich
Ergeben; doch warum verstellt er sich?

Roland. Ja, in dem Augenblicke fühl' ich lebhaft,
Was ich durch Dich geworden, werden kann.
Gestatte, Deines Glanzes uns zu freu'n,
Uns aber laß vor Deinem hohen Bilde,
Wie Niedrigen geziemt, die Kniee beugen.

Isolda *(für sich).*
Noch immer will er nicht die Maske lüften! –
(Laut.)
Genug, *Herr Roland,* – denn so heißt Ihr ja.
Geht nun! Mein Oheim will Euch sprechen.

Roland. Fräulein –

Isolda. Habt Ihr noch etwas mir zu sagen?

Roland. Nichts!
Voll ist mein Herz, doch arm ist meine Zunge.
Lebt wohl!

Isolda *(für sich)*. Er geht – – doch nein! Er kommt zurück.

Roland. Fräulein, vergönnt mir noch ein Wort.

Isolda. Ei, sprecht nur!

Roland. Verzeiht, wenn ich vielleicht Euch mißverstand.
Der Großen Sitte kenn' ich nicht; bei uns –
(indem er auf den Ring weist)
Sind Ringe Zeichen eines nähern Bandes.

Isolda *(für sich)*.
Aha! Nun bricht er los!
(Zu Roland.) Ihr rathet gut.
Dem Erben Gelderns will man mich vermählen.

Roland. Und Ihr – stimmt bei?

Isolda. Noch kenn' ich nicht den Grafen.

Roland. Je nun, er ist ein Graf! Beglückt der Mann,
Den die Geburt berechtigt, seine Wahl
Zum Schönsten und Vollkommensten zu lenken!

Isolda. Wer weiß! Man sagt, daß selten in Palästen
Die Liebe wohnt. So scheint die Sonne wärmer
In Thälern als auf Höh'n.

Roland. Dem Erben Gelderns! –
Ihr kennt ihn nicht?

Isolda. Vom Ruf, der nicht zu günstig.

Roland *(halblaut)*.
Vielleicht mit Recht.

Isolda *(rasch)*. *Ihr* kennt ihn?

Roland. Er besuchte,
Gleich mir, die hohe Schul' in Wittenberg.

Isolda. Man sagt, der Junker sei von lockern Sitten?

Roland. Dem Niedern ziemt kein Urtheil über Hohe.
Ihr seid dem edlen Grafen zugedacht,
Und hat er Fehler – doch wer hat sie nicht? –
So werden sie vor Eurer Hoheit flieh'n,
Wie feige Knechte vor des Helden Anblick.
Noch sah der Graf Euch nicht – der Stimme Klang,
Der Augen holdes Lächeln ist ihm fremd,
Noch ist die Liebe nicht in seinen Busen
Im freudigen Triumphe eingezogen –
Bald aber wird er nah'n, Euch seh'n, besitzen –
Betrachten, was ihm ward, mit trunk'nem Blick –
Mög' ihm der Himmel Demuth nicht versagen,
Um ganz zu würdigen sein hohes Glück,
Noch uns ein Herz, es neidlos zu ertragen.
(Ab.)

Isolda(allein).
Noch sah der Graf Euch nicht? – Wie lautet das?
So ist nicht *er* der junge Graf von Geldern?
Er kann's nicht sein – und doch – – wer gibt mir Licht?
Ich wünschte fast, er wär's, und fürcht', er ist es nicht.
(Ab.)

Vierter Act.

(Halle. In der Mitte ein Vorhang.)

Erste Scene.

Leopold. Dann Isolda.

Leopold*(als Koch gekleidet, tritt auf)*. Also Hofkoch! – Zwar nur provisorisch und mit der Exspectanz, aber wer bei Hof einmal die Exspectanz hat, der ist für sein Leben geborgen. Hofdienst über Alles! Denn warum? Den besten Herrn kann ich verlieren, oder er kann mich entlassen – der Hof entläßt Niemand. Ich koche schlecht: der Hof behält mich. Ich setze dem Hof Gerichte vor, die ihm nicht schmecken – der Hof ißt sie, denn ich bin einmal der Hofkoch; der Hof ißt sie Jahre lang mit Anstand, und wenn er es nicht mehr aushalten kann, pensionirt mich der Hof mit dem ganzen Gehalt, und gibt mir noch den Titel: geheimer Hofkoch; denn wenn man einen Menschen öffentlich nicht mehr brauchen kann, so macht man ihn zu was Geheimem. Nun frag' ich: welcher Herr, und wär's der beste von der Welt, thut das für einen schlechten Diener? Dafür häng' ich auch an der guten Pfalz, seit ich das Dekret habe, mit einer Treue, die ihres Gleichen sucht.

Isolda (tritt auf).

Leopold. Die schöne Gräfin! – So einsam und allein, Fräulein?

Isolda. Sieh da, Leopold!

Leopold. Was macht Ihr hier, vor der verhängten Waffenhalle? Ihr sucht Euch wohl bei Zeiten einen guten Platz, um mit aller Bequemlichkeit mit anzusehen, wie den beiden hübschen Fremdlingen der Ritterschlag ertheilt wird.

Isolda. Vergiß nicht, guter Freund, daß Du Dein Lustigmacher-Amt zurück gelegt.

Leopold. Nun denn, ernsthaft gesprochen: ich glaube, man frägt nach Euch.

Isolda. Nach mir?

Leopold. Der Burggraf von Nürnberg ist hier; er kommt aus Aachen, von des Kaisers Majestät.

Isolda. So?

Leopold. Euer Oheim stellt ihm eben die beiden Junker vor.

Isolda. Roland und Claudius?

Leopold. Der Burggraf behandelt sie recht gnädig und herablassend. Sie sind, denk' ich, seinem Schutz empfohlen.

Isolda. Seinem Schutz? Den bedürfen sie wohl nicht.

Leopold. Wer weiß! Zwar führen sie das Schwert und tummeln das Roß, wie wahre Edelleute; aber mir scheint, sie sind nicht aus dem feinen Teig, aus dem man gewöhnlich die Ritter zu backen pflegt. – Gott befohlen, Fräulein!

(Ab.)

Isolda(allein).
Fast glaub' ich's auch: sie sind nicht hoher Abkunft. –
Was kümmert's mich zuletzt! Und doch – der Roland
Vermißt sich ein Betragen gegen mich –
Der Oheim meint, er sei der Graf von Geldern –
Mag sein, mag nicht – allein ich will's nicht dulden,
Daß er – – Wer ist der Roland? Ei, man dächte,
Kein Mann von nied'rem Stande wagt, sein Auge
Zur Grafentochter zu erheben.

Zweite Scene.

Isolda. Roland.

Roland.   Fräulein –

Isolda. Roland, Ihr kommt allein? Wo bleibt der Burggraf?

Roland. Er spricht mit Euerm Ohm und meinem Bruder.

Isolda. Der Burggraf ist, so hört' ich, Euer Gönner?

Roland. Gar gnädig ist er uns gesinnt und freundlich,
Wie Ihr und Euer Ohm.

Isolda.   Mein Ohm?

Roland. Ihr lächelt?

Isolda. Weil Ihr von Gnade sprecht, die man nur Niedern
Erweis't; doch Ehre dem, der unsers Gleichen.
Ihr wißt, mein Oheim ist ein stolzer Graf,
Und gibt Euch Ehre doch.

Roland. Versteh' ich Euch?

Isolda. Nun, kurz: man hält Euch hier für einen Mann
Von hohem Stand.

Roland. Fürwahr, das bin ich nicht.

Isolda. Ihr seid nicht vornehm also?

Roland. Daß ich's wäre!

Isolda. Doch wohl ein edler, doch ein freier Mann,
Gewiß leibeigen nicht?

Roland. Und wär' ich das?

Isolda. Nein, nein –

Roland. Und warum nicht?

Isolda. Weil – geht! Ihr habt
Das Aussehn nicht; auch wagt kein nied'rer Mann
Sich an der Fürsten Höfe.

Roland. Ihr beschämt mich –

Isolda. Das wollt' ich nicht. Allein wer seid Ihr? Sprecht!

Roland. Ein Fremdling, unbekannt und namenlos,
Der seine Heimath nicht an Euerm Hof, nein,
In Eurer Seele fand.

Isolda. Recht schön, recht gut!
Doch Eure Herkunft –?

Roland *(nach einer kleinen Pause)*. Ist gering und dunkel.

Isolda *(hastig)*.
Ihr seid kein Graf von Flandern denn?

Roland. Ein Graf?

Isolda. Ich meinte nur –

Roland. Isolda! – Nun begreif' ich!
Der Ring – der Bräutigam – der Erbe Gelderns –
Ihr hieltet mich dafür? – Wie Schuppen fällt's
Mir von den Augen! – War't mir hold und freundlich –
Doch nein – dem armen *Roland* nicht – dem *Grafen!* –
Nun denn, verachtet mich! Denn alles Gute,
Das Ihr an mir gepriesen, schwindet ja
Zu nichts, da mich kein Schild und Wappen ziert.

Isolda. Wie Ihr Euch doch ereifern könnt, Herr Roland!
Mein Oheim ist Euch gnädig – sagt Ihr selbst.
Euch ziert kein Wappen? Doch es *wird* Euch zieren.

Roland. Des Mitleids Spende, nicht der freien Gunst!
Behaltet solche Wappen, solche Ehren;
Ein Mann ist brav, auch ohne Wappenschild.
Doch Ein's noch hört: Ein überschwellend Herz.
Mein ganzes Inn're trug ich Euch entgegen,
Ich sah nur Euch, nur Euer schönes Selbst,
Nicht Rang und Stand. Wär' ich ein Fürst, ein König,
Ihr aber wär't Isolda nicht, die Gräfin,
Isolda nur, das Mädchen in der Hütte:
Ich beugte meine Knie' vor Euch, wie damals,
Und hielt' Euch hoch und theuer, so wie damals,
Denn, hohe Gräfin oder Bäuerin:
Schönheit, Anmuth und Sitte ist das *Weib,*
Und namenloser Fremdling oder Fürst:
Kraft, edler Trotz und Ehre ist der *Mann!*
(Indem er ihr die Schleife gibt).
So nehmt zurück, was mir nicht zugedacht,
Was einem – Grafen nur zu tragen ziemt.

Isolda*(mit der Schleife spielend).*
Ihr wollt nicht meine Farbe tragen, Roland?
Ihr nennt mich stolz? Ihr seid weit stolzer, seh' ich.
Ich wollt', Ihr wär't ein Graf – versteht! Ich fürchte,
Mein Oheim zürnt, wenn er erfährt – darum
Seid auf der Hut. Hört Ihr? –
(Von ihm abgewendet.) Nehmt diese Schleife!
Ich will sie nicht. *(Nach einer Pause.)*

Was seht Ihr mich so an?
War ich zu gnädig? Nein! Ihr sollt mich nicht
Mit diesem Blick betrachten. Geht!! Geht! sag' ich.
Bei meinem Zorn. *(Roland entfernt sich langsam.)*
Was sagt Ihr? *(Roland bleibt stehen.)*
Hat man je
Solch einen Menschen wohl geseh'n? Nun trotzt er! –
Ihr seid ein Kind, ein großes, ungeschlachtes,
Ein unverständig Kind. Nun will ich Euch
Nicht weiter gute Worte geben. Geht!

Roland *(ergreift ihre Hand)*.
Ihr meint, mir droht Gefahr? Das ist mir recht.
Sie sollen's wissen, daß ich Euch verehre;
Und ob Ihr mich verlacht, das gilt mir gleich,
Und lieb' ich Euch, was geht's Euch an? Ich bin ja
Ein nied'rer Mann und Ihr verachtet mich,
Weil ich nicht vornehm bin.

Isolda. Thu' ich's?

Roland. Ihr werdet's.
Kommt erst der Bräutigam, das junge Gräflein,
Dann trifft mich Euer Spott.

Isolda. Der Bräutigam?
Nun seht – noch ist er's nicht.

Roland. Isolda –

Isolda. Laßt mich!

Roland. Du meine theure Herrin – *(will ihre Hand ergreifen)*.

Isolda. Laßt mich, laßt mich –
(Rasch ab.)

Roland *(allein)*.
Isolda, höre mich – – da kommen Leute!

Dritte Scene.

Roland. Der Pfalzgraf, der Burggraf von Nürnberg und Claudius (treten auf).

Pfalzgraf. War das nicht meine Nichte?

Claudius. Herr, sie war's.

Pfalzgraf. So so! *(Zum Burggrafen)* Beliebt es Euch, wir folgen ihr. Die Beiden mögen, Eure Schützlinge, Und deren Vater, wie ihr sagt, Euch Freund, Uns vor der Waffenhalle hier erwarten.

Burggraf. So kommt, denn Wicht'ges hab' ich Euch zu künden.

Pfalzgraf. Mir?

Burggraf. Und dem Fräulein.

Pfalzgraf. So? *(Für sich.)* Aha! Er wirbt Um ihre Hand für Roland. *(Laut.)* Kommt, Herr Burggraf.

(Beide ab.)

Claudius. *(Zu Roland, der eine Bewegung macht, den Abgehenden zu folgen.)* Wo willst Du hin?

Roland. Zu ihr –

Claudius. Zu ihr?

Roland. Fort! Fort! *(Zur entgegengesetzten Seite ab.)*

Vierte Scene.

Claudius. Dann Hedwig.

Claudius*(allein).* Unseliger! Er liebt die Gräfin –

Hedwig*(noch hinter der Scene).* Bruder!

Claudius*(fährt auf).* Das war der Schwester Stimme –

Hedwig *(auftretend).*   Claudius!

Claudius. Hedwig!

Hedwig.   Ach, Bruder, Bruder, lieber Bruder!

Claudius. Hedwig! Du hier?

Hedwig.   Ihr lieben – bösen Brüder!
Wie konntet Ihr aus meiner Nähe flieh'n?
Doch nein! Kein Vorwurf! Hab' ich Euch doch wieder,
Und lass' Euch nimmer, nie –

Claudius.   Herzliebe Schwester!
Ich drücke Dich an's Herz, in meine Arme –
Nun ist ja alles gut!

Hedwig.   Mein sanfter Claud!
Der wilde Roland lockte Dich vom Hause –
Nicht wahr? Doch still! Kein Wort mehr d'rüber! – Höre:
Der wack're Humbert nahm mich mit, denn Sehnsucht
Erfaßte mich zu Haus', ich aß nicht, schlief nicht,
Ich sah Dich in dem Kampf verwundet, todt –
Allein Du lebst! Gott hat Dich mir erhalten!
Ach, und wie stattlich Deine Tracht! Wie männlich
Dein Ausseh'n! Du bist stark geworden, Bruder.
Das Reisen schlug Dir an. – Es heißt, Ihr wart
In einer Schlacht gar tapfer – da's vorüber,
So freut's mich sehr. – Du siehst so vornehm d'rein –
Fast schäm' ich mich vor Dir in diesen Kleidern.
Man sagt, Ihr steht bei Hof in hohen Ehren,
Doch werdet Ihr die Schwester nicht verachten,
Gelt, lieber, guter Bruder? Ach, Du weißt nicht,
Welch traurig Leben ich zu Hause führte!
Doch alle, alle Schmerzen lösen sich
An Deinem Hals in süße Freudenthränen! –
Ich plaud're da und plaud're, und Du schweigst.
So sprich ein Wort! Freu' Dich doch auch ein wenig!

Claudius. Ich horche Deiner Stimme Klang, die lieblich
In's Ohr mir tönt, so wie dem müden Wand'rer
Der lang entbehrten süßen Fluth Geriesel.
Nun fühl' ich's klar: Du warst's, die mir gebrach.

Ein dunkles Sehnen trieb mich in die Ferne:
Dort hüllt' es sich in wechselnde Gestalten,
Die mich verwirrten, und die freundlich jetzt
Zusammenfließen in Dein trautes Bild.
Dein Anblick zaubert mich zurück nach Nürnberg,
In's kleine, dunkle, rebumrankte Häuschen,
Wo wir den holden Traum der Jugend träumten.
Wie glücklich war ich dort! Was fand ich hier
Als Angst und Pein? Mich soll kein falsches Streben
Je wiederum von Herd und Scholle locken;
Dich gab mir die Natur, Du gabst mir Liebe,
Ein arger Thor, wer And'res will, als Liebe!

Hedwig. So hör' ich's gern. Wie bist Du gut und freundlich!
Du kehrst mit mir nach Hause? Welche Freude!
Gesteh' ich's nur: mir bangte fast um Dich;
Entfremdet schienst Du mir, und manche Thräne
Weint' ich im Stillen über Deine Kälte.

Claudius. Ich kalt? Kalt gegen Dich?

Hedwig.   Ja, ja! Denk' nur
An unser letzt' Gespräch daheim.

Claudius.   Daheim? –
Nun sieh! Wie geht's daheim?

Hedwig.   Im alten Gleise.
Das Rädchen schnurrt, die Base zankt ein wenig,
Geduldig folgt der Tag dem Tage nach,
Doch Festtag wird's, sobald Du wiederkehrst.

Claudius. Und – sonst ist nichts geändert?

Hedwig.   Ei, was sollte –?

Claudius. Roland erzählte mir –

Hedwig.   Du meinst –?

Claudius.   Dein Freier –

Hedwig(nach   einer   Pause).
Der um mich freite, ist vermählt, mein Bruder.

Claudius. Vermählt? So wiesest Du ihn ab?

Hedwig.   Ich that's.

Claudius. Und das – warum?

Hedwig.   Je nun, ich liebt' ihn nicht! –
Mein   Bruder,   nein,   Dir   will   ich   nichts   verhehlen,
Und   nennst   Du   kindisch   auch   mein   Thun.   So   höre:
Als   ich   im   Krieg   Euch   wußte,   in   Gefahr,
Da   that   ich   ein   Gelübde   –   lächle   nicht   –
Brünstig   fleht'   ich   zu   Gott   um   Eure   Rückkehr,
Und   jedes   Mannes   Liebe   schwor   ich   ab,
Als   meines   Bruders,   kehrt'   er   glücklich   heim.
Der   Herr   hat   mich   erhört;   laß   mir   den   Glauben,
Daß mein Gelübde Dich im Kampfe schützte.

Claudius. Du holdes, frommes Kind! Und wär's ein Wahn:
In Deinem Herzen war er heil'ge Wahrheit.

Hedwig. So zürnst Du meiner Einfalt nicht? Doch soll sie
Geheimniß   bleiben   zwischen   Dir   und   mir.
Was   brauchen   wir   die   Andern?   Sie   versteh'n
Das   nicht,   und   alles   Schönste,   Beste,   Reinste,
Ist nur für den, der's fühlt, begreift. Nicht also?

Claudius. In   meinem   Busen   steigen   auf   und   nieder
Gefühle   mannigfalt,   wie   holde   Engel,
Vor   deren   Glanz   das   Herz   in   Wonne   schauert.
Hedwig,   Du   meine   Schwester   –   *mehr*   als   Schwester:
Mein   Bestes   und   mein   Einziges,   mein   Alles   –
Du   gabst   Dein   inn'res   Eigen   für   den   Bruder,
Nimm   mich   mit   meinem   ganzen   Selbst   dafür.
(Küßt   sie   sanft   auf   die   Stirn.)
Und   wie   der   Mensch,   soll   er   sich   nicht   verflücht'gen,
Für   etwas   Hohes   glühen   muß   und   Würd'ges,
Weih' ich mein ganzes Sein dem reinsten Triebe.

Hedwig. Mein Bruder: Dein für immer.

Claudius.   Meine Schwester –
(Pause.   Sanfte   Musik   hinter   der   Scene.)
Horch! Welche Töne! Horch!

Hedwig.   Wie hold und süß!

Claudius. Sie locken meine Seele weit von hier
In and're Kreise – solche Töne klangen
Mir einmal schon. – horch!

Hedwig. Sie verstummen wieder.

Claudius. So hast Du's auch gehört? Und mahnt's Dich nicht –?

Hedwig. Woran?

Claudius. Ach, weiß ich selber mir's zu sagen!
Zu große Macht übt Klang und Ton auf mich,
Der sinnvoll unbestimmt in Lüften zittert,
Und dem ich ängstlich eine Deutung suche.

Hedwig. Musik und Sang hat's in der Art: sie wecken,
Was fremd und räthselhaft im Busen schläft,
Und mahnen so an Alles und an Nichts.

Claudius. So mag es sein. Doch jene Melodie
Ist mir nicht fremder als ich selbst mir bin!

Fünfte Scene.

Vorige. Leopold.

Leopold. Grüß' Euch, Junker Claudius. Potz! Seh' ich recht? (*Zu Hedwig.*) Seid Ihr's nicht, die mir damals in Nürnberg den Zehrpfennig gereicht?

Hedwig. Ich bin's, wenn Ihr jener lustige Pilger seid.

Leopold. Der war ich, schönes Kind, aber nun ist's ausgepilgert. – Was betrachtet Ihr mich so aufmerksam, Herr Claudius?

Claudius. Dieses weiße Gewand – –

Leopold. Trug ich als junger Bursche, und trag' es wieder als Mann. So kommt man im Leben immer auf's Alte zurück. Ich bin jetzt Hofkoch, und beneide Euch nicht um den Ritterschlag.

Hedwig. Den Ritterschlag sagt Ihr?

Leopold. Allerdings. Schon gab die Musik das erste Zeichen. Sogleich wird der Hof sich versammeln, und unser vornehmer Gast, der Burggraf von Nürnberg, wird der Ceremonie beiwohnen.

Hedwig. Wie? Der Burggraf, unser Gönner, ist hier, mein Bruder?

Leopold. Ihr seid die Schwester? Nun, Eure Brüder machen Euch Ehre. Bald wird's heißen: *(Singend.)*

> »Schwertlein so blank,
> Rößlein so weiß –«

Claudius *(erfaßt seine Hand).* Was singst Du da?

Leopold. Alte kindische Reime, die mir eben in den Mund liefen.

Sechste Scene.

Vorige. Der Pfalzgraf, der Burggraf, Isolda (im Hintergrund). (Von der anderen Seite) Roland (welchem der Pfalzgraf zuwinkt).

Claudius *(wiederholend).*

> »Schwertlein so blank,
> Rößlein so weiß –«

Leopold. Kennt Ihr das Lied?

Claudius. Ich glaube, ja.

Leopold. Ich glaube, nein. Denn es ist das Wiegenlied, womit ich den kleinen Lothar oft in den Schlaf gelullt.

Claudius. Sage mir den Vers noch einmal.

Leopold. Wenn's Euch Vergnügen macht –

Hedwig *(welche die Eintretenden bemerkt).* Bruder –

Claudius *(wehrt sie ab).* Still! Still! *(Zu Leopold.)* Das Lied –

Leopold. Also hört:

> »Schwertlein so blank,
> Rößlein so weiß,
> Geh'n mit dem Ritter
> Wohl auf die Reis'.
> Engelein hold –« *(Stockt.)*

Claudius. Weiter! Weiter!

Leopold. Nur Geduld!

>Engelein hold –«

Es geht nicht! Ich hab's vergessen!

Claudius.

>Engelein hold
Steht ihm zur Seit',
Führt ihn zum Glück,
Wahrt ihn vor Leid.«

Leopold. Richtig! Woher kennt Ihr das Lied?

Claudius*(mit gesteigertem Affect).*

>Denn wo ein Ritter
Fromm ist und rein,
Schützen ihn immer
Die Engelein.«

Leopold. *(erstaunt).* Wahrhaftig, so ist es!

(Sanfte Musik, wie früher.)

Claudius. Schon wieder diese Töne, die tausend holde, bunte Bilder in mir erwecken. Und jenes Lied! – Himmel! Wo bin ich? Was birgt dieser Vorhang? Ich höre Waffenklirren, hohe Ritterbilder schauen mich an –

Pfalzgraf*(tritt vor).* Jüngling, blick' auf!

(Auf ein Zeichen wird der Vorhang geöffnet. Man erblickt eine mit Waffen geschmückte Halle; Ritterstatuen stehen auf erhöhten Piedestalen, Hugo und andere Ritter sind zur Ceremonie versammelt.)

Claudius. Ha! Meine Gesichte! Meine Träume! Sie werden wahr – sie treten in's Leben!

Pfalzgraf. Roland und Claudius aus Nürnberg, nähert Euch! Empfangt den Ritterschlag aus meiner Hand.

Claudius. Schont mein, hoher Herr! Mein Herz klopft, meine Knie wanken – jene steinernen Bilder schreiten auf mich zu –

Hedwig. Mein Bruder!

Claudius. Schütze mich, Schwester!

Isolda. Seine Schwester?

Burggraf. Das Mädchen, von dem ich Euch sprach.

Hedwig. Mein Bruder! Ach, gnädiger Herr! Sein Blick starrt nach jener Seite –

Claudius. Hinweg! Hinweg! *(Auf die Statuen weisend.)* Diese Gespenster verfolgen mich –

(Auf einen Wink des Pfalzgrafen wird der Vorhang wieder geschlossen.)

Pfalzgraf. Ruhig, mein Sohn! Fasse Dich. Woran mahnen Dich jene Bildsäulen?

Claudius. An eine dunkle Ferne. Aber nun wird's mir deutlicher, und immer deutlicher: in einer solchen Halle, unter solchen todtlebendigen Gestalten bin ich oft als kleiner Knabe spielend gewandelt –

Isolda. Gott! So wär' es wirklich?

Pfalzgraf. Fast schwindet jeder Zweifel. Sprecht, werther Burggraf! Ich bin zu bewegt.

Burggraf *(zu Roland und Claudius).* Hört, meine Lieben! Euer Vater lebte früher, zwanzig Jahre sind es her, in der freien Stadt Worms, wo er ein angesehener Künstler und ein Patrizier war. Ist es nicht so?

Roland. So ist es, Herr. Doch sprach er ungern von seiner Vaterstadt, weil er dort unsere Mutter verlor. Darum siedelte er sich später mit uns, als kleinen Knaben, in Nürnberg an.

Burggraf. Um diese Zeit nun war es, als in Worms ein Pilger in sein Haus kam, krank, fast sterbend, ein Knäblein von vier Jahren auf den Armen. Der Knabe gehöre einem vornehmen Geschlechte an, erzählte der Pilger, aber ein mächtiger Gegner verfolge ihn; darum habe er das Kind, als es im Starrkrampf lag, gegen seinen eigenen Diener für todt ausgegeben.

Leopold. Gegen seinen Diener?

Burggraf. Der Pilger starb. Das Knäblein blieb am Leben. So hat Euer Vater vor seinem Ende mir erzählt.

Roland. Und jenes Knäblein – wo ist es?

Burggraf. Hier: *Claudius*, Eures Vaters Pflegekind.

Hedwig. Claudius! Nicht mein Bruder?

Claudius. Du nicht meine Schwester! – Und meine Eltern? Sprecht, Herr –

Leopold. Alle Wetter! Der fremde Pilger – der Diener – das Wiegenlied – – ich wittere eine große Rührung. Was verstummt Ihr Alle? Hoheit, darf ich sprechen? Jener Pilger war mein Herr, der Freiherr Eberhard, und das ist – so wahr ich lebe – das ist der kleine Graf Lothar, Euer Neffe.

Burggraf. Er ist's, Pfalzgraf. Mein theurer Neffe!

Isolda. Bruder! Bruder!

Leopold*(singt).*

> »Engelein hold,
> Steht ihm zur Seit' –«

Claudius.

> »Führt ihn zum Glück,
> Wahrt ihn vor Leid.«

So werden meine Träume wahr! Ich bin's!
Lothar! Dein Bruder, holde Schwester!

Isolda. Bruder!

(Sie halten sich umarmt.)

Hedwig*(für sich, mit einer Bewegung nach den Beiden).*
Ihr Bruder – und nicht mein!

Roland*(eben so).* Sie seine Schwester!

Leopold. So seid denn Ihr der kleine Erbgraf, den ich Auf meinen Armen trug! Was man erlebt! Man soll daraus eine Ballade machen,

Und mich und Euch dazu im Holzschnitt – nein!
Ich faß' mich nicht vor Freud' – ich komm' von Sinnen –
Ich möchte lachen – ha, ha, ha! und muß –
Muß weinen – hi, hi, hi! Daß mich der Bock stößt.
Ich geh' und koche. Ja, das ist das Beste!
In dieser Rührung, dieser Auflösung
Von allen Seelenkräften durcheinander,
Muß mir ein wahres Meisterstück gelingen.
Lebt wohl! Ich setze alle meine Töpfe
An's Feuer, werfe Butter in die Gluth,
Bereite einen Schmaus für's ganze Land.
Hört mich, Ihr Ritter und Vasallen, hört!
Der Graf ist da, der Landesherr! Heut müssen
Die Unterthanen alle satt sich essen. *(Ab.)*

Siebente Scene.

Die Vorigen ohne Leopold.

Pfalzgraf. Nur zu, Du munt'rer Bursch, und ruf' es aus
In alle Welt, daß unser Neffe lebt.
Bald soll das Land Euch huldigen.

Claudius.   Mein Ohm –

Roland*(nähert   sich   ihm).*
Mein Herr. *(will sich vor ihm beugen).*

Claudius*(umarmt   ihm).*
              Mein Freund und Bruder! *(Reicht Isolda die Hand.)*
                         Durch die Schwester!
(Zu   Hedwig.)
Gott hörte Deinen Schwur: nur ihm und mir
Gehörst Du an – erkenne seine Leitung.

*(Sanfte Musik wie oben. Der Vorhang öffnet sich wieder, und die Ritter
          treten entblößten Hauptes hervor.)*

Pfalzgraf*(zu   den   Rittern).*
Herbei, Ihr Herren, kommt herbei!

Claudius.   Was ist –?

Pfalzgraf. Sie kommen, Euch zu huldigen, mein Neffe.

Claudius. So huldiget dem Grafen, Euerm Herrn –
(Indem er Hedwig umfaßt.)
Und huldiget der Gräfin, seiner Braut!

Anmerkung zu »Die Geschwister von Nürnberg«.

Bereits im Jahre 1824 geschrieben, wurde das Lustspiel erst sechzehn Jahre darauf für die Bühne bearbeitet. Der jugendliche Versuch war vielleicht nicht ohne Anhauch von Poesie; vor dem Lampenlicht verblaßte der romantische Schimmer. Die Scene, in welcher *Claudius* durch ein *Lied* an die Schicksale seiner Jugend erinnert wird, ist geschrieben, *bevor* die »weiße Frau« auf die Wiener Bühne kam.

Über tredition

Eigenes Buch veröffentlichen

tredition wurde 2006 in Hamburg gegründet und hat seither mehrere tausend Buchtitel veröffentlicht. Autoren veröffentlichen in wenigen leichten Schritten gedruckte Bücher, e-Books und audio-Books. tredition hat das Ziel, die beste und fairste Veröffentlichungsmöglichkeit für Autoren zu bieten.

tredition wurde mit der Erkenntnis gegründet, dass nur etwa jedes 200. bei Verlagen eingereichte Manuskript veröffentlicht wird. Dabei hat jedes Buch seinen Markt, also seine Leser. tredition sorgt dafür, dass für jedes Buch die Leserschaft auch erreicht wird.

Im einzigartigen Literatur-Netzwerk von tredition bieten zahlreiche Literatur-Partner (das sind Lektoren, Übersetzer, Hörbuchsprecher und Illustratoren) ihre Dienstleistung an, um Manuskripte zu verbessern oder die Vielfalt zu erhöhen. Autoren vereinbaren direkt mit den Literatur-Partnern die Konditionen ihrer Zusammenarbeit und partizipieren gemeinsam am Erfolg des Buches.

Das gesamte Verlagsprogramm von tredition ist bei allen stationären Buchhandlungen und Online-Buchhändlern wie z. B. Amazon erhältlich. e-Books stehen bei den führenden Online-Portalen (z. B. iBookstore von Apple oder Kindle von Amazon) zum Verkauf.

Einfach leicht ein Buch veröffentlichen: **www.tredition.de**

Eigene Buchreihe oder eigenen Verlag gründen

Seit 2009 bietet tredition sein Verlagskonzept auch als sogenanntes "White-Label" an. Das bedeutet, dass andere Unternehmen, Institutionen und Personen risikofrei und unkompliziert selbst zum Herausgeber von Büchern und Buchreihen unter eigener Marke werden können. tredition übernimmt dabei das komplette Herstellungs- und Distributionsrisiko.

Zahlreiche Zeitschriften-, Zeitungs- und Buchverlage, Universitäten, Forschungseinrichtungen u.v.m. nutzen diese Dienstleistung von tredition, um unter eigener Marke ohne Risiko Bücher zu verlegen.

Alle Informationen im Internet: **www.tredition.de/fuer-verlage**

tredition wurde mit mehreren Innovationspreisen ausgezeichnet, u. a. mit dem Webfuture Award und dem Innovationspreis der Buch Digitale.

tredition ist Mitglied im Börsenverein des Deutschen Buchhandels.

Dieses Werk elektronisch lesen

Dieses Werk ist Teil der Gutenberg-DE Edition DVD. Diese enthält das komplette Archiv des Projekt Gutenberg-DE. Die DVD ist im Internet erhältlich auf **http://gutenbergshop.abc.de**

Zeitfracht Medien GmbH
Ferdinand-Jühlke-Straße 7
99095 Erfurt, Deutschland
produktsicherheit@kolibri360.de